処女詩集を渉猟する

泉谷栄

北方新社

装幀　今　雅稔

目次

渉猟1〈路上派〉の詩人たち

1960年代後半から1970年代に現われ、現代社会の闇を一目散に疾走した詩人たちがいる。言わゆる〈路上派〉と呼ばれた詩人たちだ。その震源地をたずねると、泉谷明のエッセイに突き当たる。遡ること1975年12月8日の「日本読書新聞」のコラム〈らんどすこーぷ〉に「路上で書く三人の詩人たち」というエッセイを泉谷明は書いている。経田佑介、天野茂典、山本博道の三人を取り上げ、その詩の特徴を〈路上詩〉と表明したことに始まる。路上に生の意味を見出した詩人たちである。

それをうけて経田佑介は1976年4月、自身の個人詩誌「ブルー・ジャケット」に「路上の詩人について二、三のメモ」を書いて、彼らを〈路上派〉と呼称した。このなかには中上哲夫も八木忠栄も含まれた。

〈路上派〉詩人の特徴を経田佑介は次のように要約している。

1、日常の「肉体的行動としての自己」を詩の重要なファクターにし、肉体と世界の関係性を感性でとらえた。

2、生の燃焼が詩のエネルギー。「疾走感」を重視する詩の傾向。

3、呼吸と声を重視。朗読を好み、ジャズと朗読運動などに積極的に参加。

4、一篇の詩篇はすべからく長い。

5、詩人同士はルーズな結びつきであったが、同志的友情があった。

そのとおり、〈路上派〉は「ルーズな結びつきであった」のだ。これについて、中上哲夫は次のように発言している。

「〈路上派〉はマニフェストのようなものを表明したことは一度としてなかった。たまたま酷似したテーマとスタイルをもっていただけで、運動体などとよべる存在ではなく、アメリカのビート・ジェネレーション同様ルーズな関係のグループだった」と。

そのとおり、〈路上派〉はジャズ的なビートに乗って、固有名詞を多用し、既成の価値や権力や現実の悪に対する強い抵抗感を顕わにして疾走したのであった。そして、自由を志向し、意識を拡大していった。と同時に、順応しない自分をつくりあげていき、迎合することを頑なに拒むのであった。

なお、〈路上派〉は諏訪優や白石かずこや吉増剛造の影響も大きかった。もちろん、アメリカのビート詩の影響もあったことは言うまでもない。

〈路上派〉の一人としてあげられた山本博道は「詩と思想」二月（3月号）に評論「青春の軀……路上派批判」を書いて、自ら〈路上派〉であることを拒んだ。これはひとりよがりの、単なる悪態としか思えない評論であった。

以上のことどもを前提として、次に各人の詩集を見てみよう。まず、泉谷明の路上詩集をあげるならば、それは1968年11月30日に発行された第2詩集『ぼくら生存のひらひら』に始まる。始まると書いたのは泉谷明の場合、1冊の詩集で自己完結することはなく、疾走に肉体を乗せて書きの営みをするので、その疾走は次の詩集を呼び込む傾向があり、だから『ぼくら生存のひらひら』は始まりであり、あくまでも疾走の途上にあるということだ。その途上で次の詩集とつながり、第3詩集『人間滅びてゆく血のありか』と連結する。1972年6月20日発行の詩集である。この詩集では〈あとがき〉を書き残しており、次のように述べている。

「存在することを取り消されるのではないか、というような恐ろしさをともない、それら混沌をかかえたまま、とうとう生きてしまったといううしろめたさとやるせなさと、不遜ともいえる自虐が残ります。」と。だから、書き続けるしかないのかもしれない。そしてまた、闘う。泉谷明は既成の価値や頑迷固陋な権力体制とがむしゃらに闘い続ける。闘うことで己れの生を確認しているのに違いない。その闘いは１９７６年７月20日発行の第４詩集『濡れて路上いつまでもしぶき』の路上にも連らなる。

以上のなかから『ぼくら生存のひらひら』に収録されている「ぼくら捕われのけものたち」の後半部を紹介しよう。前にも述べたが、本詩集は路上詩の出発点になった詩集である。収録されている詩はすべて長い。だから、12編の収録で１冊の詩集が成り立っている。「ぼくら捕われのけものたち」も１３５行の詩篇である。引用も必然的に長くなる。

走っちまった
大海原に乗りだそうという願望もなく
小石をとばし
思考の袋を踏みつぶし
人を殺せる短刀一つと
あなたに言うべき一つの言葉と
暗い夜の奥にひそませる原始のたましいと
いま

そしてきょう
国家は言葉によって世界をぼくらに提出しようとしている
ああむなしい
ぼくはあなたにひとことさえ言えずに走ってきた
農林大臣がうらやましい
文部大臣がうらやましい
防衛庁長官がうらやましい
それにまた国民がうらやましいほど慣らされはいごもっとも
なけりゃならない批判などは抹殺せよデモやストライキなどは
もってのほかだだまって死ぬことあないじゃないか札つきになる
ばかりだあね百年ざあくらチョンチョン歌ってりゃ春
だんだんなくなる馬にもさらば
現にいま人が殺されているさらば
よけて通る汚れなきインテリ諸君にもさらば
決定的なものは
かれの思想とかれの行動との関係だと鉄格子の闇から
　叫んでいるぞ
ドブレは叫ぶ

血を吐いて叫ぶ
現実的なものを排斥せよそれは卑俗なものだと
　マラルメは机で書いたが
ぼくはいとも日常的にあなたの隣であるいは中で何年
　生きていられるか走っているデモで走ったのとは違う
　靴をはいて異質の不安をいだいて
だんだんおしまいに近づいている
テロリスト万歳
あなたを乗せて
永く暗かった道を
かなしみひとつの宇宙に向って
その時あなたに言おう愛してるのだと

泉谷明の処女詩集は１９６６年7月20日に発行された『噴きあげる熱い桃色の鳥』である。そのなかから「歩く」を途中から引こう。

青い空
おお素晴しい

歌詞をまちがえて唄うから
歩くからと　あなた
居留守つかって煙草のまないで
この上なく涼しげな煙をふかないで
ぼくたち唇があれる
たたかいの合図のように
よみがえる
圧しつけられて痛い土地
丸い腰
すってんてん　ぼくたち
血の包帯は血のにおい
皮の人間は皮のにおい
たぎる太陽はたえずたたかれる
流されるのは涙でなくて
ひそかなたくらみ
けっ　よしやがれ
こんにちわごきげんようが
着物つけてやってくる

圧倒的な死にざま見るには
革椅子なんざ
恰好な場所だろうて
撃たれて溶けるまで
ぼくたちは歩いていくだろう
このちみつな組織の森林を
火を放たず空を見るために

この時点では歩いている、まだ走っていない。疾走はこの後やってくる路上詩まで待たねばならない。

〈路上派〉の詩人たちみんなに言えることだが、泉谷明の詩の出発もやはり抒情詩と言える。己れの自我を詩のイメージやリズムにのせて、自らの感情や情緒を表出する意味の抒情詩であるということだ。

経田佑介もまた抒情詩を書く。経田佑介の自我を経田佑介自身のイメージやリズムにのせて表出させて、リリシズムの本源をうたっている。その詩的空間の構築は抒情の道をまっしぐらに疾走し、展開した足跡と見て取ることができる。主観的なことばを使って情念を噴出させ、自己自体の存在を、つまり存在の指紋を求め、また、まげられないものを抱えながら生きる姿もここに読みとれる。

やはり、経田佑介の詩篇も長い。長編詩が多い。１９７４年１月16日に発行された第２詩集『吠える赤ン坊』を見ても長編詩が多い。これは経田佑介の路上詩集だ。例えば集中の「吠える赤ン坊誕生のバラード」をとってみても、１から7までの構成となっているのであるが、１は21行、２は47行、3は23行、４は47行、５は75行、６は84行、７は１１８行である。これを今、引用しようとしているのだがほんの断片の引用にしかすぎない。発熱することばの全体はとうてい伝えることができない。それでも紙数の限定にかこつけて、途中の一部分を切り取って紹介しよう。

我を知るか
我を知らずに訪う愚か者め
我を知らずに訪う者命知らずよ
汝の摩羅の行末は我が腰の九分五寸にある

「噛む茶苛男」は尻の穴を睨めつけ
魔王男根はしゃっくりでひくつき
強権王は南に吠えたてた
強権王は哄笑した
はるか南の奴隷の宝庫は小さな男根たちを
大事もっけにしまい込み
しなびた魂は祝詞を唸っていた

蟹の甲羅は怒りで蒼ざめカムチャッカの海底で割れ
鮭の腹からオレンジ色の卵が跳び
精液が島を海鳥の糞のように白く汚した
北の北の北の魂の白闇の祭り

氷の島よ
熱い氷の矢を空に挿入する島よ
全身に泥を塗りつけた強大な者
強奪する森羅万象を

なめらかな男根の頭に到着した者
狂気の風に鯨の腹を陰門から裂き上げ
その男を海の象の牙で飾れ
その男根を鯨の歯で飾れ

なんの途方もなく吹きぬける

風

経田佑介の意識の流れが猥雑なことばの洪水と合流し、さらなる情念を噴出させて既成の価値を襲っていく。実に挑戦的だ。「その男根を鯨の歯で飾れ」、圧倒的な瞬発力をもって迫ってくる。鋭い毒性の感情が読みとれて有効な詩法だ。

経田佑介の処女詩集は１９７０年4月27日に発行された『夏、長い尻尾をもった象の泳ぐ海で』だ。１９６4年から１９７０年にわたって書いた詩篇が収録されている。読み終わって気づいたことだが、これは既に路上詩集と言ってよい。自身の書いた「覚えがき」がこのことを証明してくれる。曰く、「詩に僕は何をしようとしたのか。意識への衝撃、精神の革命への予言、大仰すぎるにしても、悪疫なるものへの挑戦、地獄の崩壊――僕はそれらを書いたのだ。反対側にあるもの、そこを突き抜けたイメージとしての愛の世界」を航行しつづける覚悟で書いているというのだ。

固有なる生を孕みながら自己の拠って立つ位置を定めようとしてもがいて苦しむ。そのもがきから出発し、本源的な自己に向けて、自己自体の存在の指紋を求めて路上を疾走していると言える。その足跡は経田佑介の個人史、自分史の刻みである。経田佑介は今、その途上にいる。そこで見たものは日常とは異なる世界である。

このことは、まさに路上詩の概念と言ってよかろう。そこへもってきて、次にジャズが加わるとくれば、路上詩の全体を網羅していると言える。処女詩集のなかの詩篇「地獄の海で仮眠する彼の狩人のための短い物語及び散文スタイルの註の試み」は次のとおりだ。タイトルからして長い。もちろん詩篇も長いので、途中から切り取って紹介しよう。

たぶん。彼はソニー・ローリンズ風に眠り橋のたもとで。沈黙。飛べない沈黙。コルトレーン風に魂を探ぐり死んでいこうとしている。おれたち唯一の主題——魂！　彼は神を手探ぐり。純粋であるがゆえに白痴となって。街路の裏小路の石段の裏の地獄の海に落ちこみ。まさにシー・ポケットでただわずかにサックスのキーの隙間から受難の呼吸をつづけたのだ走れ。走れ、兎よ。農場の穴の迷路を。

　　　　ジャッキー彼女を空巾高く持ちあげ。穴の底へ叩きつける。散開と精神集中の突き。愛液の飛沫が。彼女は死を予想するぶよぶよ豊かな乳房に彼を抱きしめ沈黙にキスし。彼女の暗闇に引きずりこんだ。

　おそらく怠けぐせのせいでおれのナマコは空腹の女を求める。おまえも同じ。おれたちはとどのつまり同一種族というわけなのだ。おまえは冷やかな肉体にコールド・チキンを喰わせ、胃袋の中で悪臭の鳥は腐敗しおまえの精神も腐敗し精液も黄色くにごりおまえをとりまく

世界も腐敗し。へどと。小便と。汚物。のポタージュの
中で。

　そして彼は歴史の冒険者としておッ母さんの黄金
色の陰毛に顔を埋め、かさかさ涸れた皮膚をなめ、しわ
くちゃなペニスに噛みつくのだった。

まさに、生の真っ只中を生きて疾走している詩篇だ。衣服をはぎ、剥き出しになったことばがけものの時を求めて疾走している。これこそ、路上詩と言える所以だ。

天野茂典の路上詩集は2冊ある。１９７９年１月１日発行の『漂泊者を撃て！』と１９７７年12月1日発行の『ＪＯＨＮ　ＣＯＬＴＲＡＮＥ』の2冊である。しかし、天野自身が明示しているところによると、『漂泊者を撃て！』の詩篇を書いたのは１９７３年１月１日から12月29日までの間であるそうで、また、『ＪＯＨＮ　ＣＯＬＴＲＡＮＥ』の詩篇は１９７６年5月に１週間ぐらいで書いたと言っている。従って、書いた時期は発行日と逆転しているということだ。

『漂泊者を撃て！』を見てみよう。天野茂典は一度自我を解体させることによって社会的な存在としての自分が現実の社会に、どう対処していくべきかを自覚し、自我を再形成していこうとする。だから、赤裸々な自我のことばを発して、肉体行為としての自己を基にして肉体と世界の関係性を捉えようとする。「わが山河」を引く。途中から途中まで。

おれの思想は肉体なのだ
肉体のドラムカンで燃える炎だ　青いそれでも
　　　　　　　　　　　　　　　赤いそれでも
　　　　　　　　　　　　　　　　無論ない
　　　　　　　　　燃える炎そのものなのだ
ぶつぶつ溶かして葬り去った
過去のすべての土壌から
湧きたつ新芽だ　崩れる皮膚感覚なのだ
なん枚もなん枚も腐食土からひっぺがえされて
おれという肉が顕われるまで　おれの思想の膿
　なのだ
刺しても刺しても再生する膿　海のむこうの原
　野
おれの思想はからっぽだからからっぽだから火が点
　く
燃えているのは紙ではなくて　あれは思想だ
燃えているのは紙ではなくて　あれは思想だ
コンクリートの草の上で汚れているのは

血でも
ガソリンでもなくて
それが思想だ

三好豊一郎は本詩集の帯文で、次のように語っている。

「詩人の魂は定住を強いられて定住を欲しない。この矛盾は想像的漂泊による詩作行為のうえで解決するほかない。しかし、この漂泊者には逃避者とはうらはらな、雑然たる世界を抱擁しようという熱いうずきがある」と。

そのとおり、本詩集には旅あるいは漂泊についての詩篇が多い。例えば「漂泊者を撃て！」にしてもだ。その前半を引く。やはり、天野茂典の詩も長い。

漂泊の心を思う
前途三千里芭蕉の夢よ
放浪する山頭火の足よ
片雲の風にさそわれて出で立つ行脚
呼ぶ雲よ
呼ぶ情よ
いつだって魂は放浪する風のいのちをとらまえるのだ

武州八王子をたっていま須磨の港に立っている
時速100キロの風
東名・名神高速道路よ
いまわが旅
六甲の山に沈む夕陽よ
僕は車中与謝野源氏第二巻を読んできた
ひなびた須磨・明石の浜よ
いまはコンクリートの波
浮かぶヘドロよ
フェリー・ボートを待機して車内にしばらく沈黙の歌が流れる
たそがれだから美しい航行する小船の影よ
幻の千鳥が僕の瞳の海をいっぱいに飛び耳をふさぐ
ああ　淡路島
通う千鳥の鳴く声に
幾度寝覚めぬ須磨の関守
だがあの辺り島影は紫にけむっているのだろうか
いか釣り船の明るい電気
僕のけだるさ

やがて車を満載したフェリー・ボートが岸壁を離れる
潮風が頬に心地よくあたる
陸地とは
なんと醜悪な基地だ
20世紀のホーボー中上哲夫は叫ぶ
陸から海へ
足のない船
浮遊する島
日本列島を洗う夕波
いまたそがれだから美しい僕の旅情よ

現代において「生と世界内存在の真実は見失われがちである。しかし、芸術作品は飛び散ってゆく生と世界内存在を結晶化する」（渡辺二郎）という言表を思い出している。

三好豊一郎は同じ帯文のなかで、次のようにも語っている。「天野茂典にとってジャズは沸騰する感性の坩堝であり、その音響の激突し交錯する渦のなかで、彼の自我は一度解体されたのちに再生する」と。

天野茂典にとってジャズを吸収することは生きることであるのだ。そして、「生きることは荒地を行くこと」でもあるのだ。詩集『ＪＯＨＮ　ＣＯＬＴＲＡＮＥ』のなかから「ａｌｔｅｒ‐ｅｇｏ」

を引こう。

生きることは荒地を行くことだ
ゆったりと
自己の路上を
鷹が飛ぶ
みえない呼吸だ
軽い空気だ
呼ぶべきものの名はない
寄るべき精神の岸壁は荒い
なんという魂の荒地だ
ヘッド・ライトが行く
導師がめざめる
熱い息だ
息が走る
鷹が飛ぶ
はるかな消滅点だ
肉体が圧縮する

鼠が
ａｌｔｅｒ‐ｅｇｏ
鷹が焦げる
世界が赫く
あらゆる草原に油が流れる

火が点く

生きることは
荒地を行くことなのだ！

天野茂典の処女詩集は１９７５年８月10日に発行された『直立猿人考』である。これも他の詩集と同様、書いたのはかなり早く、１９６８年１月から３月にかけてのことであるという。そのいきさつを「ノオト」で語っている。
「この詩集を１９６８年１月から３月の下旬まで、一気にまとめさせてくれたのは『吠える』のアレン・ギンズバーグであり、『ハイチ島の戦いの歌』のチャリー・ミンガスである。両者に共通していえることは、なまなましい人間性の喜怒哀楽がはっきりしていることであり、知性よりもぼくらの感性、より強くうったえてくるものがあることだろう。」と。

そして、次のようにも語っている。

「ぼくはいまでも、あまり怒らないが、怒ることは美しいことであり、ぼくはそれにつよくあこがれているところがあるのだ。といってぼくはここでまだ怒りたりないが、少しは怒ったつもりなのだ。怒りはつねに、そうして自身に深く立ちかえってくるのだ。」

それでは、詩篇を見てみよう。詩集『直立猿人考』のなかから「花のマニフェスト」を引く。存在のなかのエネルギッシュな野蛮性をめざしているか。茂典よ、怒れ。それでも、怒れ。

そろそろわれわれも
石器をもって起ちあがろう
ながい年月をかけて
かりとった穀もつを
天火にかけよう
獣類の肉を
木の実を
われわれの腕力にかえよう
偉大な森林の深みに
ふたたび臆さず
踏み入ろう

アラソイが
また殺戮が
われわれの〈生〉であるなら
その根太い筋肉を
われわれの筋肉にかえよう
歴史はつねに
ハゲ鷹の急襲をもって
粘土のようにこねられる
みえないその工程を
スコープにあわせよう
光のライフルを発射しよう
光のバーナーを注ぎ込もう
異形の像が　ほ
ほえみかけるとき
さて　われわれも
トドのようにのし歩こう
都市を
郡部を

村落を
巡礼のように
ゲリラのように
さてそこで
〈花の命〉を伐採しよう
臆さず
ひるまず
石斧で
生木を立割るように
原初の霊をよび戻すため！
光の電子をよび戻すため！

〈路上派〉はアメリカのビート詩の影響を受けていることは前にも述べたが、分類すると泉谷明、経田佑介、天野茂典、八木忠栄はギンズバーグの影響を受けており、中上哲夫はケルアックの影響が大であると言えるが、しかし、現代の物質文明と手を切り、それからの精神の解放をはかり、新しいライフ・スタイルを求めたという点、また、固有名詞の多用という点に於いては中上哲夫もまた、ギンズバーグの影響をやはり受けていると言ってよい。

順応しない自分をどのように表現し得るか。それを詩において実践して旅に出たのは中上哲夫であった。彷徨と遍歴と、そして放浪の旅に出発したのである。事実、ケルアックの『路上』は社会の制約をはなれて旅に赴き、生命力を燃焼させることを意図した小説であった。打ちひしがれた時代にいつわりのない世界の発見のために旅したのであった。それこそ、ビート・ジェネレーションの目指すところであった。そして、中上哲夫も。

中上哲夫の路上詩集は1976年7月25日に発行された第2詩集『旅の思想、あるいはわが奥の細道』である。中上哲夫は実生活においても放浪、移住の連続であった。

かつて八人だったわたしの家族
わたしたちは大阪、門司、東京、横浜、新潟と移転した
そしていまは東京だ
六五年、兄結婚、横浜へ転出
その暮れに祖父が死んだ
六六年、妹結婚、そして転出
あとに六九の祖母と無邪気な弟と怠惰なわたしが残った
遠い東京よ、遠い夜明けよ
無のように降ってくる闇よ寒気よ
〈一月一日、北上で書いた六四行〉

中上哲夫の旅の今は自由をさまたげるものからの分離であり、ごまかしのない真実をつかもうとするための旅に変わっている。引用詩のような少年時の受動的な移行とは異なり、今の旅は人間はいつの時でも自由でなければならないという能動的な旅と言える。そのために、集中の他の詩篇でも力強い感性と行動、率直で自然発生的な表現が認められる。

中上哲夫には路上詩集がもう1冊ある。1977年12月20日に発行された第3詩集『さらば、路上の時よ』である。なぜか逆接的なタイトルであるが、この詩集においても熱い宇宙を吹かせている。固有名詞が連弾する詩集だ。また、路上詩であるから各詩篇は長編である。だから、絶え間ない疾走感が要求される。その時、発する生の燃焼が詩のエネルギーとなって瞬発する。

集中の「今夜、わたしは渋谷「千両」の節穴からわたしの世代の幻を見る」を紹介しよう。この詩篇は1から12まである。そのうち、1と2を引く。

1

わが情婦よ、ベアトリーチェよ
わたしには
渋谷があれば充分だ
渋谷・大和田町があれば充分だ
ジャズ・カフェ「オスカー」

トップ、亜美、ロロ、ロータス
山路書店、不二美書院、紀伊国屋書店
東急ビルのトイレット
（その壁の非科学的な女性器解剖図よ！）
陣馬そば
即席北京料理「屯(たむろ)」、スパゲッティとピザの店「チロル」
レストラン「山路」
遠州屋、三兼酒蔵、大衆酒場「鳴門」
酒舗「千両」があれば
充分だ
ベアトリーチェよ、かつてあなたに鋳型(じゅけい)したように
わたしはここに鋳型したのだ
わたしの青春を！

2

酒舗「千両」は
昼と夜とをつなぐトンネルだ

つねに風が吹いている帯状の空間だ
われわれの時代の暗いトンネル
われわれの歴史の暗いトンネル
わが恋人よ
ベアトリーチェよ、わたしの世代は
孤独な風だ
暗い六〇年代を吹く風
太平洋の漣の上を吹く風
アメリカ西部の草原地帯を吹く風
たそがれという時間帯に移動する気まぐれな優しい風
いま、渋谷・大和田町に起こる一陣の風よ
大和田町の
地図の上を流れ
流れ流れて酒舗「千両」の長い細い空間へ流れ込む風よ
酒舗「千両」のカウンターにしばし傷心の翼を休めよ
風は何色？　そして
われわれの時代の黄金の耳よ
世界を渡る風の声に耳傾けよ

酒舗「千両」の
カウンターは寄港地だ
二〇世紀の夜の荒涼たる岸辺だ
あらゆる船が漂着する細長い波止場だ
ベアトリーチェよ
わたしの世代もまた
暗い船
客船
貨物船、貸客船
漁船、工船、巡視船
調査船、練習船、難破船、海賊船、捕鯨船
わたしの世代の船影よ
影のような無数の船よ
今夜、あなたの船はどこの岸辺に漂着するのであろうか

こうして中上哲夫は自由なことばとエネルギーによって、生存感覚と身体感覚の回復を目指したのであった。

中上哲夫の処女詩集は１９６６年5月20日に発行された『下り列車窓越しの挨拶』である。身体の

奥底からほとばしる声が躍動し、沸騰している。その声は腐敗した社会に向けられ、痛烈な批判を繰り返し、やがて父なる世界から逃亡を意志することになる。定住を欲しない自身のめざす旅に出発するのである。日常に絶縁状をたたきつけた旅だ。ここにおいて、この処女詩集から路上詩の闘いと彷徨の道筋が読みとれる。中上哲夫は処女詩集から既に路上詩を書いていたのである。
　よって、これらの詩篇にはビートに導かれた鋭い感性のことばが多く見受けられるのは当然のことである。熱い生への旅立ちの詩集であるに違いない。冒頭の詩篇「なぐり合おう」を読んでみよう。

なぐり合おう
男らしく堂々と
徹底的になぐり合おう
喫茶店の席を立って
雨の通りに出よう
なぐり合うために夜の公園へ行こう
雨に濡れてなぐってなぐられて
倒れるまでなぐり合おう
雨が温く流れ出すまで
血を流してなぐり合おう
空が白むまでけもののようになぐり合おう

まあとか
まあまあとか手を振って
屋台のノレンをかきわけて
まあとかまあまあとか焼酎を傾けて
仲直りするのはたくさんだ
四辻で東洋的に微苦笑し
商人の握手をしひらひらと手を振っての別れ
慰め合いあやまり合う恋人たちの抱擁
女学生の美辞麗句の友情
武者小路実篤の友情
その他日常の友情
アパートの廊下の立ち話し
となり同志の挨拶、付き合い
学生間の付き合い
親友たちの白々しい関係
世間の卑屈で陰険な目付、犬の目付
妥協、平和的共存、協調、仲よしこよし
出しゃばり、おせっかい、親切ごかし

ヨイヨイヨイと手を打って
盃ほしてドウモドウモ
その他たくさんぼくらの日常
さあ出かけよう
なぐり合うために夜の河原に立とう
せせらぎの音を聞きながら
月の下に映画のように向い合い
夜明けまで
男らしく堂々と
倒れるまで
血を流して倒れるまでなぐり合おう
さあ！

八木忠栄の路上詩集は1972年6月28日に発行された第3詩集『にぎやかな街へ』である。発行日の6月28日は八木忠栄の誕生日である。いたずら好きな八木忠栄らしいやり方だ。なぜ、私が八木忠栄の誕生日を知っているかと言えば、私と八木忠栄は同年齢で同じ1941年生まれ。そして、私が6月25日で八木忠栄は6月28日生まれだということは誕生日が近いということを以前に聞いて知っていたのである。よって、本詩集は八木忠栄が31歳の誕生日に発行したということになる。本詩集の詩篇を書いたのはもちろんこれよりずっと前で、1964年から1971年にわたって書いた詩篇が収録されている。精神の自由を保ち、内面を深め、まげられないものを抱えながら生きていく姿を読みとることができる。赤裸々な自我のことばを発して疾走する精神に溢れている。個の行為としての疾走である。このなかで、所与の体制や形態に順応しない自己を明らかにしていく。権威に抵抗する反骨の精神を読みとることができる。

次に「西船橋へ！　——一九六九年夏」を見てみよう。やはり、八木忠栄の詩も非常に長い。よって、途中から途中を切り取って紹介する。

泥の底にかがんで腐りかけている地虫の群れに
　何を語りかけることができる？
愚問ばっかりだ
やわな慰撫は要らない
泥に浮いた日常の頭蓋にプランが揺れて
水中花のように美しく美しく咲き乱れる
泥の上の垂直巨大黄金建設よ
地上は幸わせな旋律とボロボロの弦楽にあふれている
身をそらして　誰がいったい発熱するのだろう？
エイッヤッとくりかえす泥とのせつない性交

新宿はとても騒がしい
閉じられたシャッターの前で殴りかかるインテリ野郎
　殴り倒される豚野郎
風景は荒涼に荒涼を重ねていくじゃないか
労働は　このようにべったり降り積もる
おお　泥の上の垂直巨大黄金繁栄よ
地上は幸いなるかな……
騒がしい夏を背景に　山脈の彼方から
びっしりと熟れてくるあせも
ジュラルミンが……
ジュラルミンが走り狂う
この夏の早朝
きみ、そんなに、しゃべりすぎるな！
西船橋へ走るのだ
房総沖に　この夏の
すてきな女陰が立ちあがる
そそり立つ　いななき　発光する夏の恥丘
女陰がなんとまあ、勃起しだすことか

スカートは勃起せよ！　タイプライターは勃起せよ！
カレンダーは勃起せよ！　オン・ザ・ロックは勃起せ
よ！　全野菜は勃起せよ！地図は勃起せよ！市庁舎
は勃起せよ！二号明朝と七ポゴチックは勃起せよ！
書籍小包は勃起せよ！大学教授研究者たちは勃起せ
よ！アコーダイは勃起せよ！フジカ・シングル8は
勃起せよ！ハイニッカは勃起せよ！納戸町は勃起せ
よ！講談社現代長編文学全集は勃起せよ！夜と朝
の抜毛は勃起せよ！のどぼとけは勃起せよ！ギャー
トルズは勃起せよ！三鷹駅二番ホームは勃起せよ！
とりわけ頭蓋と女陰は勃起せよ！そう勃起せよ！勃
起！
トンボ、トンボ、近づいてくるトンボのメガネちゃん
おはよう
武蔵野があやうい！
なんとやさしい武蔵野よ　緑よ　緑なす泥よ

人間は当たりまえの日常のなかに居ると本当の自分の姿が見えない。「人間は鏡に映さなければ自

分の姿が見えない。特に全体像は離れた位置からでないと見ることができない。今いる社会の外に出てはじめて、本当の姿が客観的に分かる」（見田宗介）という自明性のわなからの解放を訴えた論述があるが、これは八木忠栄がここでまさに言おうとしていることと一致する。あらかじめ押しつけられた対象物や型を拒否し、固定化した諸価値に対して敵対する態度をとることによって、己れの主体を追求しているのである。今在る社会を相対化して、思い込みからの脱出をはかろうとしているのである。そこには生への愛が読みとれる。エロスが錯乱する。交錯し、渦巻くエロスは所与の社会を受け入れることを拒否し、生命力を瞬発させて自由に生きることを目指し、新たなる生へ向けて出発する意欲を与えてくれる。

八木忠栄は自らの内にある最も奥深い感情を嘘いつわりなく告知しているのだ。だから、妥協を拒否し、精神と肉体を痛めつけてまでも主体を追求しようとする。鋭い感性を武器に生を全開させ、猥雑なことばで攻撃し、諧謔や諷刺や軽口や啖呵など饒舌いっぱいに言語的ラジカリズム、遠心的ダイナミズム満々で対象物を次々となぎ倒して疾走するのである。この時多用する固有名詞はことばと事物や事象との直接の交流を通して奇怪さを露呈し、そこから真実を抉り出す対象として現出する。いつも見て知っているもののなかに畸型を見つけ、新たな発見をすることに驚き、驚きは日常のなかに真実を見つけ出すきっかけになる。八木忠栄はそれを生きた形で、生き生きと表現している。

八木忠栄を語る時、そして〈路上派〉の詩人を語る時、アメリカのビート詩人、とりわけギンズバーグの影響をぬきにしては語れない。巨大化した産業文明や冷酷化したテクノロジー体制や膨大を続ける消費社会体制に順応しない自分をどのように普遍的に表現しうるかを問うた詩人であった。それに対する赤裸々な反抗心や自然発生的な感情表現はギンズバーグの作品の特質であると言ってよい。むきだしの個性と荒々しい生命力を見せびらかすように主題として取り上げ、滑稽や卑猥までも取り入れることも自らの感性の形成に必要な要素であった。それらは個の生の復権と救済に必要なことであったのだ。

八木忠栄の処女詩集は１９６２年６月20日に発行された『きんにくの唄』である。１９６０年から１９６２年に書いた詩が収録されている。日本大学芸術学部文芸学科の入学時から３年次の間に書いたものである。

本詩集はエロスとしての生命力に溢れている。それは〈きんにく〉として表わされる。そして、「きんにくは智恵や理論ではありません。実践です。しかし、どこまでも生きて行こうと必死になるでしょう。きんにくだからです」「きんにくはきんにく自身を愛し憎むことが可能です。ぼくというささやかなきんにく。逃げも隠れもしません。これだけです。これらのきんにくが今日的事態のなかを、これからどのようにきんにくを支え、変質して行くかはきんにくにもわかりますまい」（詩集『きんにくの唄』あとがき）と言うのであった。

そして、きんにくの当事者である詩人は詩への愛を、その〈あとがき〉のなかで次のように語っている。「今日的事態を歩行するぼくらへの限りない愛と、既成への非服従の作業にほかならないとぼくは信じています」と。これこそ愛の作業であり、八木忠栄の詩の原点をここに認めることができる。だから、八木忠栄は〈おれはきんにくだぞお〉と、いつまでも叫ぶ。「きんにくの唄」をここに引く。後半部を。

〈おれはきんにくだぞお〉
のびあがり
ちぢみ
熱し
つつみ
のけぞり
くいこみ
もみあげ
しめあげ
おれは胴体をあしもとにおさめてしまう
胴体は雨にかがやき
胴体にいくつものあかいみみずばれができ
おれははげしい雨に背をむけてたつ
　いつかこの街が晴れあがったら
おれをアルコオル漬けにしてここに飾ってくれ
血管がちぎれるようなアルコオルを注いでくれ
おもいきりふくれあがってやるさ
街の反射をあびて

おれはみごとなきんにくだろうなあ

あらかじめ押しつけられた今日的事態を拒否し、形の定まらない生を探求するなかで妥協を拒み、精神と肉体を痛めつけてまでも〈きんにく〉のままで生きようとした決意が見てとれる。自らの内にある最も奥深い感情を嘘いつわりなく告げるのであった。
プラトンはイデアを憧憬し、そこへ向かわせる原動力をエロスと呼んだが、このエロスこそ〈きんにく〉なのではないか。体内に生の律動を体覚し、つきることのない生命力を認めることができる。これこそが八木忠栄の〈きんにく〉であろう。だから、八木忠栄は肉体に潜む〈きんにく〉という内在力を信頼し、その内在力が外的な事象や事物にぶちあたって発する音が既成への非服従の表現にほかならない。よって、八木忠栄はその前提に今日的事態を読みとる作業を据える。結果、見慣れた世界のなかにグロテスクで異様な物体を発見する。ここで「とんねる、ながい」を引こう。途中から途中まで。

〈ぷばわああ〉
とんねるです
車窓しめてください
いいえ

煙がはいってくるわけではありません
昭和××年に電化されました
とんねるのなかには
獰猛な爬虫類
たくさん泳いでいるからです
そいつら
たまにこうして電車とおると
うようよ
あらわれるのです
こないだも
幼児
腹を喰いあらされました

〈ぷばわああ〉

ひめい
ひめい
必ず電車絶叫するのです

ながいながい
にほんいちながいとんねる
はやく
はやく
とんねるぬけ出なければ
勇敢な爬虫類
窓ガラスにぶちあたり
くろいちのり吹いて即死

〈ぷばわああ〉
とんねるのなかです

いそいでください
これ以上スピイド出さないのですか
たいへんです
各車輛とも
おびただしい数の老婆たち
みんな昆虫のように

死にかけています
最後尾では
おさない女
じぶんの汁にずぶぬれながら
　お産です

八木忠栄は寓話やつくりばなしの名手だ。想像力の優越をここに認めることができる。ニヒリズムに裏打ちされた黒いユーモアがグロテスクで異様な世界を一層引きたたせる。見慣れた世界に現われた突然のグロテスクな異物、その異物は日常の生活の社会には容易に受け入れられるものではない。そこへ、〈ぷばわああ〉と無意味なことばを吐く、このことばを発することによって異物を相対化し、さらには異化して新たな秩序を呼び込もうとする意志が根底で働いているのではないか。グロテスクで異様な所与の社会を否定し、受け入れることを拒否した詩篇であると言える。それは「今日的事態を歩行する限りない愛」（あとがき）の行為なのである。エロスとしての〈きんにく〉は八木忠栄の生命力であり、それは『きんにくの唄』全編に溢れている。だから、赤裸々な自我のことばを発するのでもあろう。

処女詩集『きんにくの唄』と第3詩集である路上詩集『にぎやかな街へ』をつなぎ、結びつける詩集が1964年9月30日に発行された第2詩集『目覚めの島』である。路上詩への移行の仲立ちをなした詩集である。1962年から1964年に書いた詩篇から成っている。大学3年次から卒業してのち数ヵ月の間に書いたものである。集中の「夢のアメリカ」がアメリカのビート詩の影響を受けて書いたことからもわかる。それでは、「夢のアメリカ」の前半を次に引こう。

六月に　とつぜん
意外に雪がちらついたりした
すると
夏は　鏡のなかで
血の斜線をひたいに
スーと浮きあがらせたものだ
なあ
ノーマ・ジーン

ハリウッドの
レタスいろの尻
コカコオラがとぶ
スコオルのようなスキャンダル
源氏螢になってゆれるアメリカ
そよぐ螢草よ

夜は
あしもとからよじのぼってくる

肺結核の空の下
たちならんでくるむらさきの莖たち
その畑の中央を　やさしく
地平線にかげろうのように消えていく白昼夢
莖の群落のむこうへ
ふッ　と
かるくなって遠ざかる
あれはマリリン
おーい
ノーマ・ジーン

ニューヨークの谷間を埋める
熱狂と紙吹雪
せまくるしいフィルムをさえぎって
アメリカ　おまえの宇宙を隠すまっしろな吹雪

アメリカ　その白昼の栄光
見えないぞ
ああ
クーパー
クーパー
少佐は　どこ

「肺結核の空の下」というフレーズはギンズバーグの『吠える』によったという。そのとおり、八木忠栄はギンズバーグの影響を受けて路上詩を書くようになった、そのことを示すものと言ってよいであろう。

ギンズバーグのビートは己れの生命力を生かし、自由に生きることを意味する。そのためには否定から出発し、所与の社会や既成の価値を受け入れることを拒否した。八木忠栄も同じく、いつわりのない世界の発見を志向し、個の感情に徹した〈きんにく〉を発動させて、不服従の精神を貫き、自由への渇望を目指して疾走したのであった。それこそ、詩の本源や始源に関わっていると言える。

その精神は既に処女詩集『きんにくの唄』に表われていた。だから、ギンズバーグの詩をすんなりと受けいれる余地を既に所有していたと言えよう。文化の受容にしても、そういう迎え入れる素地が整っていてはじめてなされるものと思われる。

八木忠栄の詩からは抒情が発芽する。生への愛が滲み出ている。大学1年の時、60年安保の洗礼を受けた八木忠栄の魂は骨太だ。同年齢の私も、あの時の悔しさは今も忘れない。岸信介総理よ、死ねッ、と叫んだものだった。岸総理の掲げる憲法改正と安保改定に反対して、闘った。ノン・ポリではいられなかった。当時の政治状況が昨今の政治状況と妙に重なる。そう思うのは私だけであろうか。

渉猟2　〈路上派〉の周辺

都月次郎様、ご無沙汰しております。お元気のことと思います。私は病院通いが日常という日が依然として続いております。しかし、ここ数年間は入院していないのは何よりだと思っています。よって、書くことは順調にすすんでおります。アルツハイマーの治療も終了しました。せん妄状態から少しく解放された気分です。

「1／2」50号、ありがとうございました。このなかに仲野享子さんのお名前をみつけてびっくりしました。松本映氏のエッセイ「詩を書いて」のなかで言及しておられました。都月さんとの関係を知って、びっくりしたということでした。その文章をここに引きます。

「その昔、大阪に『近畿文芸誌』という同人誌があって、奈良の御所市の本屋さんで、その詩誌を見つけて仲間に入った。伴勇という編集から売り込みまで何もかもする人がいて、その人に手紙を書いて入会させてもらった。わたしは十代のおわりの証に、『蒼き足跡』という小さな詩集を町の印刷所に持ち込んで作ったばかり。その詩集を伴さんに送って同人となった。昭和四十四年七月ごろのことである。

その後、『近畿文芸誌』から『月刊近文』になって、昭和四十八年の夏、大阪を離れ東京に来て、伴さんが亡くなられても所属誌は『月刊近文』から『リヴィエール』となって続いた。(中略)

パソコンのネットの世界がなければ出会えなかった人たちとつながり、都月次郎さんが『近畿文芸誌』の仲野享子さんの義弟でいらしたことにびっくり、若いころ、仲野さんにあこがれていたので、とても嬉しかった。」

私も以前、その関係を知ってびっくりしたものでした。同時にまた、松本映氏がまた〈路上詩〉に関心をもっていたことに嬉しさを感じました。そして、松本氏の詩篇「めがねをかけて」を読むと、妥協を拒否する不服従の精神や豊かに見える裏に潜む空虚と嘘の暴露や諸々の体制の悪に対するプロテストや理不尽に対する怒りや固有名詞の多様など、〈路上詩〉の特徴を所有しているのを、この詩に見てとれます。紹介しましょう。「めがねをかけて」です。途中から引きます。

頼みの野党は選挙前だというのに
「国民とともに進む党」とやら民進党に名を変えて
原発事故が起きてもいつのまにか再稼働に変わって
脱原発は夢まぼろしだった
共産党は即原発ゼロ
民進党は二〇三〇年代原発ゼロで
野党批判は受けても
それでも野党統一候補を立てないよりはまし
「一億総活躍」の中に六十六歳の痛み上がりは入っているのか
怒りはどこぞでかきまぜられて薄められて
わたしの一票
投票しても世の中変わらない

めがねをかけて
新聞を読んでネットで読んで
丹念に見るだけの生活
腹の立つことは政治のせい時代のせい
いつも誰かのせいにして
困ったことは自分のせい自己責任で
自分のいまは自分が選んできた道
年寄りが増えて医療費が大変
いつからか健保の被保険者本人も一割から三割負担になって
それでどうなったのか検証されているのだろうか
赤字赤字と騒いで皆がみな負担増
質素に進む道を探して
どこか節約できるところはないのか
麻生副総理が
「九〇歳になっても老後が心配だとかわけの分かんないこと
言っている人がテレビに出てた。いつまでいきているつもり
だよと思いながら見てました。」と話して問題になっても
自民党は大勝して改憲勢力は三分の二になった

選挙前は「新しい判断」といいアベノミクスのつづき
自民党は選挙選で改憲に触れず
安倍総理は一言も語らず
選挙はいいとこ取りの言葉だけ並べてはり上げてその後が不明
選挙後は「政治の技術」だといい憲法改正へとつきすすむ気か
安倍さんの声が自信たっぷりに聞こえて空しくて

口だけ達者でシニア左翼と呼ばれ
批判はしてもその先がなくて若者のことは分かっていない
めがねをかけても先が見えないから
こころのうちにもう一つめがねをかけて
友からのメール
「戦争を体験し、反戦と平和を強く訴えてきた世代が次々と
倒れてしまいますね。わたしたちがバトンを引き継がなくちゃ
ならないね」
戦争反対と叫んで憲法を大切に
つぎの世代の命を守って平和を願って

という詩です。引用が長くなったが、ここには〈路上派〉の詩人たちと同じ精神が密に流れている詩篇と見てとりました。

同誌「1／2」には同人である都月次郎さんも詩を寄せていますね。「港の卒業式」という詩だ。引用します。

北東の風なので
船は錆ヶ浜に着くだろう
島へ来て一年
包括支援センターのTさんが
今日離島する。

やりたいことは
たくさんあったから
誰よりも本人が残念なはず。
お母さんが急逝して
お父さんの認知症が進み
帰って来てくれと
兄さんから電話。

福島なんです
田村市の　三十キロ圏内
まだ除染が出来なくて
農業やってた父が
畑やろうとするんだけど
出荷できないし
作っても食べられない
放射能って見えないから
認知症の父には　わからなくて
いつも兄とけんかです

自分の親の介護が出来なくて
他人の介護が出来るのか
いく晩も悩んで

送別会もなし
職場と合唱団の仲間が七人
港の待合室であなたを囲んで

今から卒業式を行います
卒業証書
あなたは一年間
三宅島の火山と海と島民
特に爺ちゃん婆ちゃんを
こよなく愛し　よく面倒を見
その健康と幸わせのために頑張ってきました
よってここに三宅島の島民を
ちゃんと卒業したことを証します
尚今後は卒業生として　島を懐かしみ
低気圧が通過するたび
今夜は欠航かな～等と
はるか彼方へ　思いを馳せるように
　平成二十八年五月十九日
　　　　三宅島文化応援団

ぱちぱちぱちぱちぱち

ありがとう　卒業証書なんて

何十年ぶり
向こうに行っても頑張ってね～
またおいでえ

待合室を出ると
すっきりした青空に
別れの挨拶のような
ナライの強風
大きな白いうねりの中
黄色い船体を躍らせ
汽笛を二回鳴らして
たちばな丸がいま入港してきた。

いつも「1／2」をおくってくださり、ありがとうございます。三宅島に移り住んで何年経ったのでしょうか。今やすっかり島の住人になりました。あなたの故郷の地さえ、私は忘れてしまいました。三宅島は終の棲処となるのでしょうか。都月次郎さん、これからもよろしくお願いいたします。
また、手紙を書きます。

アメリカのビート詩を標榜として活動した詩人たちが〈路上派〉として詩壇に登場したのは

1970年代のことである。しかし、この〈路上派〉は言わゆる〝派〟を形成する〝グループ〟ではなく、それぞれ個として活動し、だからマニフェストもあるわけでなく、全く個人として活動していたのである。と言っても、彼らに共通していたことがただひとつあった。ビート・ジェネレーションの詩から出発しているということである。ギンズバーグやケルアックの影響を色濃く受けていたのである。〈路上派〉と言われた詩人たちは詩のなかに固有名詞や感嘆符を多用し、ジャズのリズムを取り入れ、同じく詩朗読を行い、そして、ビートに乗せて叫ぶのであった。泉谷明や経田佑介や中上哲夫や八木忠栄や天野茂典らである。彼らについては、前に書いて論じたところである。加うるに、清水節郎や仲野享子や相場きぬ子や直井和夫らも、そう言われていた。その周辺に居たのだ。

本稿の前段の連らなりから言えば、仲野享子は路上派雑誌と言われた沖積舎発行、中上哲夫編集のリトルマガジンとも言える「飛行船」に書いている。1978年発行の詩誌だ。その2号に、次の詩篇「悲劇のヒロインのように」を寄せている。

旅立つことは
恐怖の中心めざしてひた走ることであろうか
疾走する夏の太陽のように
あるいは光線のようにすばやく
熱い大陸に向って飛びたった男の激しさ
Kの激しさをおもい

わたしの心は張り裂けそうだ
ああわたしの心はアフリカの熱い奥地をおもい
ひた走っていく男の激しさをおもって胸が張り裂けそうだ
しかしどれほどの恐怖をわたしは体験したといえるだろうか！
記憶を鮮明にする暑い部屋や時間について
男の告白や微笑の表情そしてエネルギーを体験したといえるだろうか！
ころがっていく言葉ころがっていく情事ころがっていく笑い
一九七八年七月男は夢と現実の谷間を電話線に乗せて運ぶ
暗い表情をして笑いながら受話機をとる
それからタバコを喫う
笑いが限りない悲哀になる
わたしはほとんど感傷的だ
男は電話線に夢をふくらませ熱くする
ふくらみはじめた夢の袋のなかに笑いがひろがる
幻想ばかりがわたしをおおう
ひたすらわたしをおおう
夢が情事する
突然Nからの葉書をよむ

不安のなかでやさしさが走る
魂の奥底でわたしはわたしの激しさと衝突する孤独なのだろうか
映画のような旅立ちを用意した私達はなんどもなんども抱き合い
悲しい表情をして愛の苦悩や芸術について語り合う
あげくの果てに未練たらしく情事する
孤独は一瞬消失したかにみえる
孤独はより強い孤独になって
旅の中心めざして走りつづけている

なんと情動的で刺激的な詩であることか。日常の機械的な反復によって鈍磨した感覚と感情に一撃を喰らわせて破って、生の本然を浮き上がらせようとしたか。そのための活発な魂を甦らせようとしたか。これが仲野享子の詩であり、同時に〈路上詩〉の本源であると言えようか。沈黙は許されない。声を復権し、自我が個人としての感情をつくることをとおして赤裸々な自我のことばを発して疾走する勢いを持ち続け、心情で受けとめる情熱で生のより深い意味を求めようとしたのではなかったか。このことをふまえて私は、この「飛行船」2号に詩論「走る—未完の疾走」を書いて、〈路上詩〉の疾走詩篇について論じた。

2号には清水節郎も詩を寄せている。紹介しよう。「緑ぼくらは路上にころがして」だ。

緑
緑だ
緑の闇から
いっきに駈けのぼって
路上へ
雨
6月の雨に撃たれて
神国日本のどこを走っていけばいいぼくら
君が代の美しい旋律にさびしくふりかえれば
わが生誕の地
上州榛名山麓城下町箕輪は雨霰にゆさぶられている
ゆらゆらゆれているまがりくねった坂道を
娘とその母が
きえてしまいそうなかぼそいぼくの泥に汚れた足あとをたよりに走ってくる
なんのとりえもないヤクザのまま生きのびてきた心よわいぼくのうしろから
無垢のまま
生まれたときの新鮮な姿勢をくずさず走っている
娘よ

妻よ
日本は暗い
ふるさと箕輪は暗い
ぼくらは暗い
だから
美しく朗らかにかたちよく走ることはないのだ
飢えた野犬のように走れ
背をまるめ四つんばいになって吠えながら走れ
走っていけば清冽な朝にたどりつくだろう
赤城山から確実にのぼってくる輝やかしい太陽を背にして
追いたてられるように夕陽よりも西方へ駈けこんでいくために
　きょうも暗い路上を走っていくのだ
ぼくはぼくがかつて偉大だと信じていたマンドリン朔太郎とはちがう
青白い月なんかに吠えたりはしない
フランスへいけないからとてせめて新しきスーツなんか買わない
雨でびしょびしょにぬれた29年の春夏秋冬を路上にぬりこめ
　走っている群馬県群馬郡箕郷町役場広報課職員ぼく
詩を書くのだけはやめてくださいとぼくのまえにひざまつき

手を合せたまま西方の天を駈けのぼっていった母よ
ゆるしてください
あいもかわらず書いています
走りながら
どこを走ればいいのだと己れに問いながら書いています

（後略）

このように、あえぎながらも抒情いっぱいに走りつづけた清水節郎は早逝した。仲野享子も同じく早逝した。

「飛行船」3号には直井和夫が詩を寄せている。紹介しよう。「ことしの夏は」だ。

〝湯どうふをぽちゃりとつけてたべました〟
　という行で終る小説を書いた友はいなくなって
ブリキの人形つくって売っていた女もいなくなって
夏はさびしくなってしまった
夕立があって入道雲空高く湧き上っても
裂けた空の隙間からは何も降ってこないよ

空に風が帰ってきて古い友のたよりをおしえてくれる
金魚も鯨もとうに結婚して　骰子は中国地方に転勤だってさ
そうさ俺だって毎日ピアノに向っているだけの日々の裂け目から
アリゾナの砂漠へ三年前ぬけ出しはしたものの
人を殺しそこねたばっかりに今じゃ晩酌一本でころり
アパートへ一直線さ

ことしの夏は短いぞ！
風がおしえてくれたんだ古いディランのうたにのってやってきてさ
ビールでもどうですか夕涼みがてら
公園に行ってみませんか近所の悪がきどもが
だぶだぶパジャマ着て花火大会やってますよ
こんな時だけ都合よくさやさや風なんて吹いてきてね

ねずみ花火線香花火川面にゆらめいてきれいだ
つかのま夏よこの夏も人間は倦怠の中に漂いゆらぎ
季節のかわり目になだれこむ
昆虫たちの進撃に追い落とされてゆくよ

白い道がつづいている川面はきらめく紫煙流れて
いろんなものが遠ざかってゆく輝きうしなってゆくんだ

休みがとれたら女房つれて田舎に帰るのもいいだろう
波の静かな内海のどこかの島で日光浴なんてのをね
空気の底に棲む人間魚の息苦しさを忘れて
小さなことにも心わきたった頃のことを少しは思い出して
幸な思いはちょっぴりあとまわしだ
まちがいさがしはさいごのさいごでいいさ

深夜もう秋の気配を感じる昼は夏宿は秋
そんな微妙さを感じるようになってしまって
感覚は次第に衰弱してゆくんだな
それならばそれでいいさことしの夏は
これが最後さ視界がわれているもうすぐ霧になって
空へぬけてゆく

「風がおしえてくれたんだ古いディランのうたにのってやってきてさ」と、ここであのしゃがれた歌声に乗せてメッセージを込めたプロテストソングで数多くの若者を揺さぶったディランの「風に吹かれて」を連想させる〈風〉をもってきたことにある種の時代を感じさせる詩篇と言える。時代は夏と秋の隙間であるか。その隙間に風が吹きこみ、視界が割れて、身も心も倦怠のなかに漂いゆられ、感覚は次第に衰弱していくところの夏である。

なお、直井和夫と中上哲夫はこのころ、広告プロダクションで同僚であった。中上は宣伝文句をつくるコピー作家であり、直井はデザインやイラストのクリエイターであったのである。よって、直井は詩人であるとともに、イラストレーターとして本の装幀など今も精力的に活動している。

「飛行船」3号の〈編集後記〉で、本誌の編集人の中上哲夫は次のように発言している。「本誌をさして『路上派雑誌』と悪口（?）をいう人もいるが、今号はいかがか?　一応、これで雑誌の性格はつくりえたと思うので、今後は執筆者の枠を少しずつ広げていくつもりである。乞ご期待。」と。

これをふまえて、詩・エッセイ・書評・日録の書き手を見てみると次のようになっている。無作為に取り出してみると、白石かずこ、佐藤文夫、原田勇男、清水節郎、仲野享子、経田佑介、天野茂典、泉谷栄、中上哲夫、木澤豊、八木忠栄、藤富保男、清水哲夫、仲山清、直井和夫、泉谷明、諏訪優、奥成達、淵上熊太郎らとなっている。これを見て、さて、どう判断するか、読者の皆様にゆだねるしかない。果たして〈路上派雑誌〉であるか。

さらに、「飛行船」3号の誌上では、新人の作品を呼びかけている。「新鮮良質な意欲あふれる作品（ポエットリー、エッセイなど）の投稿大いに歓迎します。種々なる制限は特に設けません。」と。このことを見ても、「飛行船」は果たして〈路上派雑誌〉であったのかどうか、判断に迷うところだ。

　ここで、本稿のタイトルである「処女詩集について」にのっとって「飛行船」の書き手たちのなかから私の手元にある処女詩集を紹介するとしよう。泉谷明、経田佑介、中上哲夫、八木忠栄、天野茂典については既に論じているので、ここでは原田勇男と直井和夫と淵上熊太郎の処女詩集を紹介する。
　まず、原田勇男の処女詩集『北の旅』から。１９７４年に刊行されている。このなかから「愛のうた」を引く。

やわらかく透きとおった悲哀が
優しい情感のメッセージを伝えてくる
あなたの美しい声の丘で
いっせいにめざめはじめる無数の耳
熱い血が還ってくる
心臓の唇がゆっくり花開く
見えてくる
石牢の痛みが
河の流れとゆれる木立
娼婦とけものたちのかなしみ
恋する目アムールアムールアムール
世界中にふりしきるつめたい雨

炎のように
雪のように
芳醇な葡萄酒のように
あなたのララバイ
あなたのバラードが世界の空を満たす
悲惨と不幸
くらしのプラットホームで疲れている魂を
あなたの手はあたたかくゆさぶり
怒りにかられて激烈にひっぱたき
美しく哀切な夢のメスで
ひとの胸をふいに突き刺す
それからあなたはギター片手に
霧と硝煙がいっぱいつまった見苦しい世界の
窓というすべての窓を開け放ち
たたかいの渚に立つのだ
唄は兵器や景気の壁の前で
可憐にくだけてしまう
だけど　あなたは

恋するうたう生きる
それがあなたのナイーブな勇気なのだから
あなたの唄は　ハイウェイの旅をきらい
いつもひっそり還っていく
あの感触に　裸足のあしたに
空の樹に　海の子牛に
黒人の少女血だらけの日曜日に
死んだ兵士とその母親に
オレゴン州ポートランドタウンに
黒い髪アーモンドの頬
恋するもののすべてのまぶたに……
しなやかで強靱な魂(ソウル)の
愛のうた
ジョーン・バエズ
あなたのかすかな自由がとてもまぶしい

「ジョーン・バエズに」と謳っているように、これはアメリカの反戦のフォーク・シンガー、ジョーン・バエズに捧げた、言わゆる讃歌とも言える詩篇である。私は原田勇男と同時代人であるゆえ、時代が大きく揺れ動いた1960年代、1970年代に活躍したジョーン・バエズを共有することもできるし、また、同時に共感することもできる。だから、この詩の心情と熱情がもろに伝わってきて心動かされる。まさに、「魂のアジテーター・原田勇男」(野沢啓)だ。

次は直井和夫、処女詩集は『あるくうた』だ。発行は1979年。そのなかから「夜の水」を紹介しよう。副題に「形而上学よわが拠るうたかたの日々よひたすらわれは睡たき」という福島泰樹の短歌を引いている。

日がないちにち睡っていたいと思う
あるかなきかの日々に疲れているとは思いたくない
生臭いにおいいっぱいまきちらして
歩いてきた記憶が重くのしかかってくる
自分の生きざまを他人の言葉でなぞることのおぞましさ
強いられているのはもういやだ
言葉をすててもいいと何度も思った
目を閉じていられるなら
けれど酒や煙草をやめるように
言葉をすてることはできないのだ
夜中近くになって雨だ

こうして夜おそくまでおきていても
古いうたばかり思い出す
みじめったらしい
昔の恋唄なんか何になるというのか
くやしかったこと悲しかったこと
忘れようとしていた忘れてしまっていたことばかりだ
なつかしさの中に創造なんてありはしないのだ
むしろ酒の中にそれはほんの少しある
不安な水でも金色のウィスキーでもない
夜の地下水である酒よ
今宵もまた雨とともに来り流れよ
言葉をおし流すほどにもグラスを重ねよう
ええい！
酒瓶が空っぽだぞ！

夜の水とは「夜の地下水である酒よ」と言うように酒であったか。「なつかしさの中に創造なんてありはしないのだ／むしろ酒の中にはそれはほんの少しある」「夜の地下水である酒よ」と豊かな想像力と構想力に導かれた詩篇である。そして、最後には「ええい！／酒瓶が空っぽだぞ！」と落として、つっぱねる意気に共感する。

本詩集のなかに「クリシェ」という詩篇が集録されているが、この詩篇がひとつの形となって、のち個人詩誌「クリシェ」を発行するのであった。現在はイラストレーターとして各出版社の主に詩集の装幀をうけおい、活躍している。

淵上熊太郎との交流は詩集『パーフェクトパラダイス』（1994年刊）を贈られてからである。この詩集は八木忠栄に10年分ほどの詩の山を見てもらい、のち八木忠栄の協力を得て成ったという。そのずっと前から多種の刊行物に名をつらねていたので私はよく読んでいて、感心して関心をもっていた。このことも書いて、詩集贈呈の礼状を出した。その後に処女詩集『「ああ」の周辺』も届いた。こちらは1976年の発行である。よって、『パーフェクトパラダイス』は第3詩集であったのだ。それでは処女詩集『「ああ」の周辺』から「『びっくり』が」を紹介しよう。

「びっくり」が
風に飛ばされてボクの
そばにやって　来た
そして
今はもう　しっかりと大地に
坐っているのです
なんと綺麗な「びっくり」だろう

十年来
古びてしまっている恋人に
くらべれば　もう
充分すぎるほどの若さで
リンゴの樹を
まるかじりにしてしまう
ボクの
「びっくり」

このとぼけた感じが何とも言えない、いい味を醸し出して、私は好きだ。本詩集の跋文を谷川俊太郎が書いている。この跋文の前段を韻文に変換して、帯文に載せている。ここに引こう。

この街には海があって、
どこにあるかは
よく分らないけれど
動物園もあるらしい、
森の奥に物怪の家もあって、

日曜日の朝もくる、
そして顔もさだかでない
「おはよう」や「びっくり」が
住んでるんだよ。
そんな町を
ぼくもいつだったか
通り過ぎたような気もするし、
またそれはまったく見知らぬ
場所のように思えて
好奇心に駆られたりもするんだ。
そんなとき、この本は
一冊のペデカーのようだ。

谷川俊太郎

と、また谷川俊太郎もとぼけ顔で対抗しているのだ。のち、淵上熊太郎は中上哲夫と「季刊　電話ボックス」という詩誌を発行した。
「飛行船」と同じころ、相場きぬ子は既に個人詩誌「バナナフィッシュ」を発行していた。編集人は諏訪優である。1979年に発行された、その「特別号」がここにある。書き手は世に知れた商業詩誌の常連、あるいはそれ以上の顔ぶれだ。吉原幸子、仲野亨子、相場きぬ子、白石かずこ、阿部岩夫、印堂哲郎、奥成達、鍵谷幸信、小長谷清実、郷原宏、佐藤文夫、ジョン・ソルト、辻征夫、中上哲夫、長谷川龍生、萩原朔美、原田勇男、ベリー・ギフォード、藤富保男、三上寛、宮園真木、八木忠栄、吉増剛造、諏訪優他だ。そうそうたるメンバーだ。このことについて、相場きぬ子は〈編集後記〉で、次のように発言している。

「何や諏訪優がひとり目立ってるやないか、バナナフィッシュの主宰はこっちやで、あかん、このまんまでは諏訪優に侵略されるがな、撃て撃て、早う撃て、こら次の号が出しにくいでえ、ほんま」と言わしめるほど充実している誌であった。

その相場きぬ子も当然、書いている。「風の足砂の足」という詩だ。紹介しよう。

旅人たちの視野の中で街は一方へ
軽く傾いている。傾いた街の傾いた
部屋で少女はいま、両方の足をきちんと
そろえて立っている。二本の足は白くて
指の短い転んでももう、きゅうとも泣か
ない少女だ。少女は一見或る女に似てい
るように見えてその実、だれとでも似かよって
いる。幾億の顔幾億の足。風が吹く

と少女はふたたび踊り出す。
だめだめ
足は山ほど高く
手も顔も振って
狂躁的に　よ

なんて物覚えのいい連中だろう。窓の外では少女よりもはるかに才能のある連中が踊り狂っている。やがて踊る一行のためにドアが開けられ、続いてもう一枚のドアが開けられる。ドアからドアへ。
あっけなく街の裏側へ出て行った連中のために少女はあわてて身仕度をはじめる。
だってまた先廻りしなくてはならない
風が吹くと街は少女はキャラバンは一方へ
また軽く顔を傾ける
だめだめ
足は山ほど高く

手も顔も振って
狂躁的に　よ

相場きぬ子は「バナナフィッシュ」と同時期に自身の処女詩集『笑い鶏』を刊行している。そのとおり、1979年に発行しているのである。そのなかから「一九七七年度の無神論者たち」を紹介しよう。

誰が声を聞いたか
信心深い男をつかまえては　訊ねた
君はそれを見たかね
見てから信じるか信じてから見るか問題だが
信心深いことは悪徳であるよ
ながいながい人生のどの途でも
あるいはどの電車や乗り物でも
わたしは神とは出あわなかった
どんなときも
他人の力をあてにしてはいけない
とAは言った

少くとも彼らは
叫んでも君が助けてやらないことを知っているだろうから
つまり
神を信じないのは
賢いことだよ
一九七七年度の純喫茶〈エトランゼ〉で
砂糖も入れずにコーヒーを飲む
牧師を見たかね
あれは一面識もない神さまの後始末をして歩く男だ
日没にはくたびれて
ポケットにラジオをほおり込むと
イヤホンで耳をいっぱいにして
音を林檎のようにほおばって歩く男だよ
あの実にやせていて

相場きぬ子は既製の価値を逆転させ、あるいは無価値化をめざす詩人である。その意味では神の存在をも無化しようとする。ここでは牧師も形無しだ。本来の姿がそこなわれて、すっかりくたびれた姿を晒している。本領発揮の詩篇だ。本詩集の帯文は次のように言っている。

「あなたも悪魔の眼で
これらの詩行をたどれ。
笑い鶏の首をさらに、さらに締めよ。
手を離した瞬間に
またぞろ駆けだすような…
相場きぬ子の、おかしな、おかしな世界。笑い鶏。」
と。
仲野享子は「バナナフィッシュ」にも詩を寄せている。紹介しよう、「曲り角で」だ。

鈍痛が残っているんだ
男のつぶやきが風景を凝視する

いつの間にか積み重ねてきた時間のにおい
暖かい素肌にたまっていく
咲きほこる春の疲労
他者へのおもい
その限りないおもいをこめてこらえきれずに泣く
何かを深く考えていたはずなのに

その何かが胸や背中を圧迫し私を打つ
天井をみつめ自分に憤慨し
またさめざめと泣く
私はまちがっているのだろうか
激しさのなかで他者を確認し
陽気な解放感にねむりこんでしまうより
むしろその激しさにほろびてしまいたい!
波のようにくりかえしてくる体液のなかで
肉体は弓のようになる

雪が降ってきたみたいよ
最もすぐれた姿勢で女は歩き出す

仲野享子の詩を読むと、いつも「うまい」というひとことしか出てこない。こういう人にかぎって、早逝の運命を背負っているのか。処女詩集は『野良猫の声がきこえる』（1980年刊）であるということは知っているのだが、目に触れることはなかった。〈路上派〉の詩人で唯一付き合いがなかったし、もちろん会合で会うこともなかった。そして、文通もしなかった詩人である。そうこうしているうちに、早くに他界したのであった。残念に思っている。だから今、こうして詩誌をめくって、仲野享子のあとを追っているのかもしれない。

その後、「飛行船」がひとつの塊となって、発行元の沖積舎より飛行船叢書の刊行の運びとなった。その社告が2号に掲載された。

「路上派の拠点とも言うべき新詩集シリーズ飛行船叢書全10巻遂に刊行開始。経田佑介、諏訪優、泉谷明、木澤豊、天野茂典、原田勇男、山本博道、清水節郎、泉谷栄、中上哲夫の諸氏。Ａ５判小口折フランス装10月上旬刊行開始。乞、御期待。」と。

そして、経田佑介詩集『泡だつ日々泡だつ海』、泉谷明詩集『あなたのいる場所へ』、木澤豊詩集『地涌』、原田勇男詩集『火の奥』、中上哲夫詩集『記憶と悲鳴』と、泉谷栄詩論集『崩れゆく走行の哀歌』が刊行されたのであった。いずれも谷川晃一の装幀である。おそらく、１９７７年に沖積舎から谷川晃一画集『アディナタの街角』を出している、その縁からであろう。私はこの画集を持っている。谷川晃一の絵は好きで、他にも数冊持っている。

私はこの後、沖積舎から詩論集『時代と旋律』を出してもらった。泉谷明、中上哲夫、八木忠栄についての詩論を書いたものである。その後、経田佑介については、大阪の「銀河地帯」に「存在の指紋」というタイトルで経田佑介論を書いた。また、泉谷明、中上哲夫、八木忠栄、経田佑介、天野茂典については最近、処女詩集を軸にして新ためて書いたところである。

沖積舎と言えば、私は歌人林あまりのデビュー歌集と謳う『ＭＡＲＳ☆ＡＮＧＥＬ』を思い出す。言わゆる処女歌集だ。処女歌集にして栞に登場する人たちは既ににぎにぎしい。

「ああ、気迫！　林あまりはこわいもの知らず」とのたまう小池光、「20セイキマツのお七」と口走るは片桐はいり、「林あまり嬢の本名は林真理子、あの林真理子センセイと同性同名なのである」と説くねじめ正一、「この世は涙を流さずに済んでしまう女がいる」と痩せた女をうらやんでいるのか否か、今は渡辺えりの渡辺えり子の面々だ。発行は１９８７年7月7日だ。生年月日は１９６３年１月10日、東京生まれである。

また、当時の「平凡パンチ」に、次のような書評が出た。

「『鳩よ！』あたりでも活躍中の林あまり嬢のなかなかにエロチックな短歌集。天才アラーキーも『俺好み』と誉めてたよ。読むと、グッとくるぜ。ジョン。」

さらに、お固い「朝日ジャーナル」にも。

「プッツンと実存的であった。」

それでは、開いて読んでみよう。

犬猫の発情の話おりまぜて
目に星のある青年の誘い

第一条　口紅の色への口出しは
「俺の女」の意識の始まり

包丁の片側だけに毒薬を

チーズケーキは被害者その2

「ぼくネ」を「俺さ」とあわてて言いかえる
〈男の美学〉は似合わないのに

くちもとを雪にふさがれ黙りがち
冬は苦手のMARS☆ANGEL

暗幕の重み片手に駆け出せば
一晩だけの悲劇さ、それは

用意した微笑み途切れて
かなしみの表情いくつ試される冬

「みずうみ」の表紙を噛めば
うしろから抱きしめられて花びらの降る

ひび割れたくちびる頬にうけるとき

微かな痛みは愛の扉の鍵

性交も飽きてしまった地球都市
したたるばかり朝日がのぼる

男と暮らしてみたくないのか、と問うひとが
不意に「男」に見えてくる夜

「なんにもわかっていないあまり」と抱くひげは固く
火星の霧やわらかし

本詩集のⅠは「MARS☆ANGEL」、Ⅲは「はてなしの薔薇」であり、そして、Ⅱは「夜桜お七」というように分けられている。そのⅡの「夜桜お七」から10首紹介しよう。

ぬがされた靴のころがる行先を
たしかめてから抱かれゆく

生理中のFUCKは熱し血の海を

ふたりつくづく眺めてしまう

絶対の避妊なきゆえ花いちりん
　心離れし日は交わらず

責めて攻めて、セメテの好きな女なれば
　朝直し乞う　遊女ならねど

緋のじゅばん備えつけたるホテルにて
　マッチ擦りたし今宵のお七

街ほども魅きつけられぬと知らされて
　置いとけ堀をけとばすお七

唇を幹にはわせて息ひそめ
　かんざし打ちこむ夜桜お七

血の痛み脈打てば枝にかけのぼり

熱き桜に抱かれるお七

さくらさくらいつまでいつまで待っても来ぬひとと
死んだひととはおなじさ桜！

もう会わぬ、桜にかけて——。あざわらい
頬うつ花びら勝手にしやがれ

歌集『MARS☆ANGEL』は「愛と性を奔放に歌うアブナイ短歌」と評されていたが、ここで立ち止まって、集中Ⅱの「夜桜お七」をとくとご覧あれ。気がついたでしょうか、そう、坂本冬美の歌「夜桜お七」です。この歌の作詞は林あまりでありました。この「夜桜お七」の短歌のなかにも歌詞と同じフレーズがありました。まぎれもなく、歌の「夜桜お七」の作詞の張本人であることを証しているのです。

三木たかしの作った曲と結合して繰り出す林あまりのことばは、さらに感情をたかぶらせて、魂を揺さぶる。さまざまな人間の性（さが）が凝縮して、そのままダマになって拡がり、琴線に触れ、言いようのないたかぶりに襲われる。それを体からふりしぼり、喉をふるわせて切々とうたう坂本冬美の声にもまた、胸をうつ。粘着質にうめき叫び、時には官能的でつややか、そして繊細な声は渦を巻きながら追ってくる。次第に感情の熱が高まり、心揺すぶられるのである。眼前はもはや原色の世界だ。血のたぎる色だ。

私はジャズやロックやフォークソングが好きだが、演歌も好きなのだ。昭和のころ、流行歌と言われていた時代から積極的に聴いていた。三橋美智也や春日八郎や三浦洸一が特に好きだった。

1960年代の後半であったか、それとも1970年代の初めころであったか、弦哲也という流しの歌い手が、弘前の飲み屋街〝鍛冶町〟を流していた。私の行くスナック「我楽多」には、いつも立ち寄っていたので、顔馴染みになった。いくらで歌っていたかは忘れたが一枚100円で色紙を買ったことは記憶に残っている。マジックペンで〝弦哲也〟と書いて、その脇に自分の顔写真を貼りつけた色紙であった。とても人なつっこく、親しみやすく、好感のもてる青年であった。

ある時、青森市の商業施設「サンロード」へ行ったら、弦哲也の無料コンサートに出喰わし、最後まで聴いたこともあった。つい応援したくなったのである。にこやかな顔で精一杯うたう姿に拍手したのであった。晴れやかであった。その後、鍛冶町から居なくなった。

そして1976年、将棋の内藤国雄のうたう「おゆき」が世に出て驚いた。作曲は弦哲也、流しの歌い手弦哲也と同一人物であった。すぐにレコード店に行き、そのレコードを買い求めたのであった。作曲家としての弦哲也のデビュー作であった。今、テレビに出て、話す時の笑顔は以前の笑顔そのままであった。ほっとする笑顔だ。人なつっこい笑顔はそのままだ。

他に、私は民謡も好きだ。祖母が民謡が好きで、私によくうたって聞かせてくれた。そして、私も一緒にうたい、旧節の「津軽じょんから節」は小学1年のころ、既にマスターしていたのだった。その記憶は今も、私の体のなかに残っている。民謡の旋律は各地方の生の原―音が凝縮されて、それが生身の声となって発し、無限に拡声していく。同時に民衆の密なる輪をつくり出し、人々の魂を揺さぶる。

林あまりの歌集『ＭＡＲＳ☆ＡＮＧＥＬ』より２ヵ月前に、俵万智歌集『サラダ記念日』が刊行されていた。私はいつものように自転車に乗って行き、本屋に入ったら、店頭にうず高く平積みされていた本に目が止まった。『サラダ記念日』という歌集であった。手に取ってみた。帯文は「万葉集もなんのその、与謝野晶子以来の大型新人類歌人誕生！」と謳っていた。その脇に作者のものと思われる短歌が一首添えられていた。次の短歌だ。

万智ちゃんがほしいと言われ
　心だけついていきたい花いちもんめ

あれっと思い、開いてみたら、口語自由律の短歌の数々が、私の目をひきつけた。

「寒いね」と話しかければ「寒いね」と
　答える人のいるあたたかさ

左手で吾の指ひとつずつさぐる
　仕草は愛かもしれず

大きければいよいよ豊かなる気分
　東急ハンズの買物袋

拾い読みした後、すぐに買い求めた。発行は１９８７年5月8日。１９６２年12月31日大阪生まれ。林あまりと同世代だ。新ためて、他に数首をあげよう。

オレンジの空の真下の九十九里
　モノクロームの君に寄り添う

「また電話しろよ」「待ってろ」いつもいつも
　命令形で愛を言う君

今君も聞いておるＴＢＳラジオ
　笑いの途中で切りぬ

愛ひとつ受けとめかねて帰る道
　長針短針重なる時刻

一プラス一を二として生きてゆく
　淋しさ我に降る十二月

最後かもしれず横浜中華街
　笑った形の揚げ菓子買う

たった一つのことが言えず昼下がり
　野球ゲームに興じる二人

待つことの始まり示す色をして
　今日も直立不動のポスト

ヨコハマは港の見える丘公園
　恋人同士に見えるであろう

熱心に母が勧めし「ユースキンA」
　という名のハンドクリーム

〈あとがき〉で、次のように発言している。

「原作・脚色・主演・演出＝俵万智、の一人芝居—それがこの詩集かと思う。ご観覧くださったかたに心から感謝しつつ、私はまだ舞台の上にいる自分を発見する。幕はまだおりていないのだ。生きることがうたうことだから。うたうことが生きることだから。」

そうか、うたうことは生きることか。これまで短歌には興味を示さなかった私だが、この時から興味を抱いて短歌を作りだし、結局、歌集を6冊出すに至った。

それから数年後、佐藤文夫から1冊の歌集が届いた。『恋する肉体』という歌集だ。作者は川上史津子、この人の処女歌集だ。佐藤文夫の伝言が添えられていた。曰く、「林あまりよりも凄い歌人です。もともとは舞台の役者です。知り合いです。」ということだ。

帯文に「そっとめくってください。この本のどこかに〝真実（ホント）のあなた〟がきっといます—。奔放で無垢なエロティック短歌！」と。2002年5月31日発行である。生年月日は1971年9月21日。少しく調べてみたら、日本大学芸術学部演劇学科卒業後、小劇場の舞台に立つ。月蝕歌劇団で寺山修司作品と出合い自然発生的に短歌を詠み始める。気持ちは寺山修司の孫弟子と言う。自称「日本一のエロ短歌女優」。それでは読んでみよう。

五分でもいいの神様あの男性（ひと）を
　強姦できる腕力（チカラ）を貸して

接吻の一秒前まで〝知り合い〟で
　そこから先はなんと呼ぼうか？

アノヨウニ丸ごと我も蝕べられて
千年に一度の月の翳りよ

我だけのモノにしたいという気持ち
胸占めつける〝恋〟は〝乞ひ〟かな？

結末が見えていたって構わない
醒めない夢の中で抱いてよ

今宵こそ天衝く我の昂ぶりを
君のフリルでふちどらせてよ

吸われてる私の方が、なんでだろ？
おいしい水を飲んでるみたい

絆創膏何枚貼っても破瓜（はか）の傷
　癒える間もなく更に穿（うが）たれ

脳味噌と眉間の皺が消えてゆく
　君がスポイル我をふやかす

迷ったら先ずは肉体（カラダ）で確かめて
　のるかそるかはそれから決めて

本稿は6回まで続く。これまで付き合いのあった詩人たちの処女詩集を渉猟し、その思いを新ためて読み取り、書きすすめる。

2回目を書き終えて、ここで一服、短歌を再び。昨今の政治状況を斜めに見て取り、数首提示する。私の短歌の根幹は批判と諷刺だ。世の中がどんどん保守化し、さらに右傾化していくなか、こうした流れを断ち切るのはガチンコ論議でなく、何もかも笑い飛ばすナンセンスの人間の腕力だと思っているからだ。

反論を許さない力に押し流されないために、頑固で強情っ張りな精神が必要だと思っている。よって、相当のエネルギーが要請されるよ、この作業には。だが、闘うしかない。これこそ、津軽の「じょっぱり魂」というものだ。

道徳が必要なのは官僚ぞ
　学校ではなく文科省こそ

財務省文書改ざん嘘は善
　騙しの見本示してくれて

なぜ増やす不戦をうたって防衛費
　総理得意気米に騙され

総裁選コップの中で決められて
　国民いずこまたもや疎外

してやられトランプセールスに乗せられて
　戦さの準備あちこちにして

アベ一強地獄が続く以後3年（みとせ）
　憲法改悪絶対に阻止

子を増やせ議員は削れアベ総理
　この政策は無理かあなたには

国会が言論の府とは夢想なり
　今や強行採決の場に

アベのもと草木がなびくヒトもまた
　右へ右へと行列流れ

医学部も免震不正も揺れに揺れ
　責任逃れ騙しの構図

障害者ずさん計上ウソをつき
　アベは慢心虚偽が蔓延

渉猟3　諏訪優と八王子に集まった詩人たち

諏訪優はというと、今度は黒田維理とともに1981年、「ｗｉｌｌ」というリトルマガジンを発行した。その5号に私も書評を書いている。諏訪優とは八王子の詩会でお会いしてその後、お手紙をいただき、のち懇意にしていただいていたのであった。八王子では出来上がったばかりの思潮社の現代詩文庫『諏訪優詩集』を頂戴していたのでもあった。その後、次のような手紙もいただいていた。

「八王子では失礼しました。『阿字』ありがとうございました。ききしにまさるしっかりした詩誌、うれしく拝見しました。こちらもすっかり秋、なにやらわびしい雨の夕暮であります。お元気を祈っております。

諏訪優」

その後、書評の件で電話があった。「友川かずきの最新詩集『朝の骨』の書評を『ｗｉｌｌ』5号に書いてくれませんか」という誘いであり、私はすぐ〝諾〟の返事をしたのであった。その書評を、ここに再掲しよう。タイトルは「記憶の闇を抱えた詩人は今――」だ。

友川かずき、フォークシンガー。32歳。フォークシンガーとして昭和48年デビュー以来、数多くのコンサートをやり、ＬＰも8枚出しているのだが、残念なことにあまり知られていない。その友川かずきの第2詩集『朝の骨』だが、この詩集もまた、処女詩集『吹雪の海に黒豹が』と同様（内実的には詩人であることとも併せて）、世間的には殆んど知られていないようだ。

このことについて、ぼくはいろいろ意見もあるのだが、ここでは措くとして、まず本詩集のタイトル詩「朝の骨」を読もう。

友川は、〈骨〉には特別な感情を持っている、と聞く。中学時代、たまたま眼にし、胸を熱くうたれ、瞬時にして無垢の魂を揺さぶったのが、中原中也の詩篇〈骨〉であったということだ。その日以来、今日まで〈骨〉を意識し、動くたびに肉体の闇のなかでカロンコロン鳴る〈骨〉と闘い、抗いながらも〈骨〉とともに生き、歩いてきたのである。言うならば、〈骨〉は友川の生とともに〈揺れ／苦しみ／ちぢれ／呪い／痛がり〉（朝の骨）つつ、べっとり貼りつき、蠢いているエロスなのである。そして、それは記憶として骨の髄まで浸みこんでいるのである。であれば、〈骨〉のなかにぼくたちは、友川の遠い生の記憶の心理的実存を見なければならないし、生の本源的要素を認めねばならない。さらに遠い触覚をたぐりよせていけば、〈村〉や〈少年〉に逢着する、ということにも眼を至さなければならない。

そういう遠い記憶の刻印を押された生を現在化し、現代に人間そのものとして存立していこうとしていく上での当然の成り行きは、眼前にたゆたうモノゴトや風景との緊張した対峙関係が及ぼす衝突である。その反作用のなかで、己れの小宇宙を造形していく、ここに友川の詩の発出を見い出すことができる。表層を突き破り、贅肉を抉り続ける。精神の切っ先は否が応でも、輝きを増す。そうすることによって、外界の虚飾が己れの内部に入りこんでくることを頑なに拒もうとする。土俗の生命力が真正面からダイレクトに噴出するのは、この時だ。ここにおいて、友川の土俗精神から発展した独自の自然観や形而上性が現前するのであるが、しかし薄っぺらな観念の落し穴には決して陥ることなく、むしろ逆に、己れの身体をいつの時でも現存在という具体の場に置き、肉体と対応した魂を喚起しようとしているので、それは精神のリアリティをもって映現してくる。友川の生は、つねに地べたに繋がっているということだ。このことはまた、本源なる生の温みを保有し続けていることの証左にもなるであろうし、性急で直情的、それでいながらナイーブな少年の貌をのぞかせる要因も、ここに求めることができるであろう。
と言っても、友川は過去のぬかるみに、ずぶずぶとはまることはしない。過去もやはり虚像であったと認め、そこからもまた己れを解き放そうとする。厳しい生き方を選択する。

馬のいない馬洗い場で
腐ったモノがチャポンチャポン音
　をたてた
オレとオレの友達は
その音に初めてその時
永遠も絶対も無いことを聴いた
　（馬と、馬の居た村と……）

すべてを相対化した揚句、遂には己れの内なる自然とも対峙し、生の祖型を揺さぶる。そして、生への信頼と不信、正気と狂気の間を行き来する。〈オレは今どこにいるのだ〉（狂おしいよ君）。しかし、その叫びも

闇から闇へしか届かない
拍手の渦を葬るために生き
個々の幸福の機微を泣きながら生
き
体験する長い沈黙に黒い寓話を吐
く
（おとうと）

だけであることを認めることになるのだが、友川はこのことを逆に危機に凝縮し、その最も緊張した瞬間において、多様なる複合感情に還元して吐き出すことを怠らない。ここに至って、表現とはひとつの実存の内容の顕現であることを認めることができる。諸々の感情は、時には生の主体の原理として機能する。それでこそ、個体と言える。それら〈うちなる棘が／何かしら／突出の機を真剣に窺っている〉（ある自画像）。あとは、火を放てばいいだけだ。その瞬間、生への信頼と毒を内蔵したことばたちがドドドーッと噴出し、小宇宙を練りあげていく。その工程では、否定を肯定する個我意識が現出し、崇高な不真面目と陵辱の真面目が響き合って、友川の独特な感性と冷めた熱情に支えられたことばたちが、予測もつかなかった変奏曲を奏でる。時には激しく、時には優しく、時には突き放しながら、季節の節目を破り、倦怠の時を切り裂き、擬装の風景を蹴ちらし、奔放なイメージを銜えて、野太い肉声を高鳴らせて疾走する。

元来、友川はまず体内に湧出するイメージを白紙に投げつけ、それに絡まることばたちを掬いながら形象化していく詩人ではないか。その限りでは、友川の生と同様、〈あてどないのだ／もともとないのだ／あってたまるか〉（狂おしいよ君）。生の充実を求める渇望の前には、あてなど要らないということだ。生とは限りなく己れを現実に押し出し、外へ向けて実現していくこと、存在の原形質に働きかけて自らを露わにしていく力、そのものの謂だ。それをこそ、表現と言うのではないか。もっと言うならば、友川にとって生きること、それ自体が既に創造であるということだ。

その核である〈骨〉。透明ガラスの〈朝の骨〉。〈骨〉はいつまでも少年であり続ける。それを通底する土俗の触覚、溢れ出る生命の活力、そのなりゆきは友川かずきの生の現在を深め、かつ拡げながら、生の根所へと傾いていく。詩の世界に新たな個性を投げかけながら。

１９８１年８月１日に「poetry & speech in hachioji――詩の根（ルーツ）はどこにあるか？」が、八王子の「テラ・アマータ」で開催された。中上哲夫と天野茂典の企画による。当時、〈路上派大会〉とも言われたイベントである。

その時のパンフレットがここにある。ｓｐｅｅｃｈは私の「高木恭造『まるめろ』について」、ｔａｌｋは原田勇男VS木澤豊の「詩の根はどこにあるか？」、ｓｏｎｇは辛鐘生の「現代詩をうたう」、そしてｐｏｅｔｒｙ ｒｅａｄｉｎｇは天野茂典、相場きぬ子、岡田幸文、木澤豊、堤箸宏、清水節郎、武田多恵子、直井和夫、仲山清、中上哲夫、長谷川雪子、原田勇男、本田訓、八木忠栄たちであった。

以上の司会進行は岡田幸文であった。なお、泉谷明と経田祐介は仕事の都合で参加しなかった。この日、私は高木恭造の津軽弁の方言詩集『まるめろ』について、詩の根、ことばの根を踏まえて40分ほど語った。

この催しは午後5時から始まって午後9時半までという長丁場であった。出る者、観る者みな飲みながらの会であったので、後半はかなり酔っぱらっていた人もいた。初対面の人が多かったが、終わるころにはいろいろな人と親しくなれたのであった。なかには、俺は日本ではあまり知られていないが、外国では有名なんだ、とのたまうヒゲづらの自称詩人もいたりして苦笑した。大した人だ。また、「あなたは『幻視者』に書いているが、なぜですか」と問われ、私は「依頼があったから」としか言いようがなかった。

終了後は八王子の天野茂典宅に集まり、朝まで飲んで語り合った。私は相場きぬ子と隣り合わせで、親しく語り合えたのが収穫であった。

この2ヵ月後、辛鐘生から詩集『棄民』が届いた。1981年9月25日発行の詩集だ。5年ぶりの第2詩集ということだ。5年前の処女詩集は『パンチョッパリのうた』であるという。詩集『棄民』の装幀は直井和夫だ。本詩集のなかからタイトルとなった「棄民」を紹介しよう。

夢見たよりも
じつはもっと身近に
あなたのことは感じていた

地名や
神社仏閣の意味よりも古く
あなたはわたしの血の中に宿り
そこには神話こそないが
その名のとおり
わたしはあなたの子である
風の亀裂よ

非有は存在よりも重く
罪なき風聞の風下で
一つの符牒のもと
わたしは
あなたでもわたしでもない
仮定を生きる

それは意志であり
わたしのできる
たった一つの誠意である

その誠意には幾多のぬけ穴があり
弁明のかがり火の下(もと)
わたしは駆逐されねばならない
大いに駆逐されながら
その非有の存在をくりかえす

けっして幻想などとは言うな

いわれなき人がありえぬように
棄民とは
一つの仮定であり
また真実なのだから

本詩集の〈解説〉のなかで諏訪優は、次のように語っている。

「日本に生まれ、育った外国人。そのひとつの心情は、わたしには計りきれない。でも、この詩集の詩篇を読み、彼が詩集の題名を『棄民』とした理由を考えるたびに、辛鐘生の詩はブルースなのだ、ということだけは確認する。

島国の単一民族、血の出るような民族的叫びはあげたことがない。おまけに、その現在ときたら、いわゆる豊かさに首にまでつかって、ふやけきっている。
ほんとの豊かさは別のところにあるだろう。だから、それを求めて詩を書く。言葉によって、ふやけ切った表皮をひんむいて、赤肌の内実が見たい、わたし自身の裸が見たい。それを表現したい。（中略）
だから、決して、美しい抒情詩だなどと言えないけれど、それ故にこそブルースなのだと思う。
日本人である愛妻の名を呼ぶとき、彼、辛鐘生の本気な詩と、ある悲しみと、彼がブルースを書き、唄う心がわかるような気がする。」

本詩集の帯文で、白石かずこはまた、次のように述べている。

「辛鐘生の才能は世界を数行で詩にすくう　その諷刺とメタファにはユーモラスで哀切なものがある　それを辛鐘生の内部のブルース　唄　血のリズムと呼ぶべきか　この寓話から厳そかで滑稽な現実は告発される」。

そして、古くから親交のある都月次郎は、「1／2」第50号に「辛鐘生の歌は心に滲みてくる」という論考を寄せている。

「辛は歌がうまい。おまけに作曲する。普通の現代詩に曲をつけ歌ってしまう。この時代にいくつかの名曲が出来た。（中略）
彼のメロディーには哀愁がある。独特の音階、声は天性のものだ。作詞者も多彩。仲山清、中上哲夫、諏訪優、秋村宏、佐藤文夫、三田洋、それに都月次郎。この詩によくこんな曲がついたものだと思える。」

これについては、諏訪優も前述の〈解説〉で、次のように語っている。

「辛鐘生、声が美しい。そして、その語り口は優しい。彼は、この国には数すくないシンガー＝ソング・ライターのひとりであり、傑作がいくつかある。私の詩『悲酒二題』にも曲をつけてくれて、何度も唄ってもらった。」と。

また、八王子の前年、清水節郎から詩集『カントリー・ブルース』が届いていた。１９８０年刊行の第3詩集だ。これより前の１９７８年刊の第2詩集『箕輪物語』もおくっていただいている。だから、清水節郎と八王子では、これら詩集について語りあったのであった。その後、弘前に遊びに来て、旧交をあたためた。これは「津軽ツアー」と名付けて経田佑介、中上哲夫、八木忠栄、天野茂典らと一緒にやって来たのであった。

それでは、『カントリー・ブルース』を新ためて読んでみよう。そのなかの「うらぎるなよ」を、ここに。

おれも
きみも
この榛名山ろくの
片田舎で生まれ沈んでいくんだな
おれ六十歳
きみ二十五歳
おれがあっちからあるいてきて

きみがこっちからあるいてきて
やぁと手をあげ
別れられなくなっちまった
であいってのもあるんだな

きたねえ酒場で盃を交わしあい
おれはあるいてきた生涯をわすれるために
きみはあるいていく生涯におののき
肩よせあっているんだ
おれの生涯のなかにきみを呼びこもうとするおれを
きみの生涯のなかにおれを呼びこもうとするきみがいる
とってもブルーな世界じゃないか

おれが二十五歳になり
きみが六十歳になり
この榛名山ろくの
坂みちをのぼっていくのは
なんぎのことだが

つめたいからっ風に吹かれて
酒でものんでいようぜ
なっ

風土の重さに呪縛され、そして、脱出を試みようとするが、それも許されない。そのたゆたう心情をブルースにのせて書き記す清水節郎の生のうめきが榛名山麓に響く詩篇である。なお、この詩集もまた、直井和夫の装幀だ。榛名山麓周辺の地図を駆使した、着眼卓抜な装幀である。

私は清水節郎の処女詩集『箕輪日誌』を見たことがない。1973年に刊行されていることは知っている。

1973年と言えば、その頃は私の存在はまだ、知られていない時期であったと思う。

私が詩論を書き始めたのは1970年、最初の原稿が載ったのは兄の明たちがやっていた詩誌「亜土」で、1970年3月である。「亜土」に詩論を書くことをすすめられて、書いたのである。私は大学時代、学部は法学部であったが、ゼミは哲学ゼミに入り、その哲学の神川正彦教授の指導を受けて哲学雑誌を発行し、哲学論文を書きつづけ、詩論というものの存在は全然知らなかった。また、そののち、横浜市の「日本価値観変動研究センター」に研究員として誘われ、哲学と社会思想と社会学の論考を書いていたのであった。だから、詩論の話があっても逃げていたのであるが、それでも詩論とはどういうものか、興味はあったので、詩論の試論を幾度か書いてみて、どうにか詩論のマネゴトができたかというところで原稿を渡したのであった。これが詩論書きの最初である。しかし、評価は芳しくなかった。難解である、難しいの一言で一蹴されてしまったのである。難しいことは悪である、とまで言う人もいた。

事実、私は詩を実存主義の哲学を軸にして論じたのであった。しかし、私は譲らず、現在まで歩いてきている。逆に、反骨精神がめらめらと湧いたのであった。

１９７０年３月23日は私の結婚式、この日に私の最初の詩論が載った「亜土」が出来上がってきた。式場で、「亜土」を山田尚から渡されたのであった。

だから、１９７３年といえば、未だ詩人たちとの交流がなかった時期である。詩人たちとの交流ができたのは私の処女詩論集『状況・闘い・表現』が刊行された１９７４年７月５日以後のことである。その後１９７７年、岩崎守秀と二人詩誌「阿字」を創刊してから交流が広がっていった。今回で１４４号、二人っきりで42年続けてきたことになる。その翌々年に生まれた次女は40歳になった。「阿子」と名付けた。

そして、『カントリー・ブルース』から13年後、１９９３年１月１日に清水節郎は病死した。48歳の若さであった。清水節郎と発行していた「榛名抒情」の創刊同人であった富沢智は自身の個人詩誌「水の呪文」で、〈清水節郎追悼号〉を組んで、その死を悼んだ。追悼詩は泉谷明、天野茂典、田口育子、堤美代他５名、追悼文は私も書いた。「泣くにも泣けないなあ」と。

他に追悼文は中上哲夫、経田佑介、八木忠栄、佐々木洋一、山本博道、原田勇男、岩崎守秀、直井和夫、富沢智他４名が寄せている。

その追悼文のなかから中上哲夫の「ある〈路上詩〉の行方」を取りあげて、清水節郎の詩人としての立ち位置を確認しよう。

清水節郎の詩を考える場合、どうしても泉谷明の詩にふれないわけにはいかない。それほど清水節郎の詩は泉谷明の詩に全身ずぶぬれだった。

たとえば、詩集『箕輪日誌』（1973年）から任意に何行か引用してみよう。

ぼくあるく原中ッ原道路二十分役場の
机にたどりついたときぼくらに百姓を
ぶっ殺せとさしずする奴らは遠い彼方の
ソファーでたかいびきだ
汚れをしらぬことなかれあんぽんたん主義国家よ
泉谷ひとり岩木山にとじこめたとてなりを
ひそめたと思うな深雪わけてあるいているぜ
暗い
怒りの
十三湖底
陽のあたらぬ日本海
竜飛崎断崖に立つ泉谷よ

連帯線を遮断されたぼくらの世界はくらくらくらくらい
（「まなこぎらぎらまばたきせんでぇ」部分）
（中略）

泉谷明の詩に感激した清水節郎は、群馬からはるばる青森の山の中まで深い雪をかきわけて詩人に会いにいった。

というものである。なお「水の呪文」を発行する富沢智の処女詩集は１９７９年発行の『猫のいる風景』である。そのなかから「闇の誕生」を引こう。

夜の闇の中には
なにもない
ぼんやりと白いものは
死んだ祖母がすわっていた椅子だ
すわっているのは
生まれたばかりの闇だ

ものいわぬものが訪れているのか

窓外で藪がさわぎ
風鈴は悲鳴をあげる
部屋のあかりのなかから
夜の闇をみてはいけない
すでに遠くまできてしまったのだ

すぎてゆくのは闇であり
それは
すぎてしまったものがあるということだ

夜の闇のなかには
なにもない
ゆれているのは
母がしまいわすれた洗濯物だ

溺愛のあまりに
火のような他人の思想も
底なしの闇を知っているのだ

なにもいないのではなかった
闇のかたすみで
ぼんやりと煙草をふかして
わたしはいるようであった

なお、この詩集の跋文は中上哲夫が書いている。次はその部分である。

「蕩児の帰還。――富沢智。（中略）帰郷した蕩児が採用したスタイルは死者ないしは異邦人の生き方であった。このことによって郷土が富沢智をどのように歓迎したかが想像できる。痛みがあまりに大きいとき、ひとは情を抒べることはできない。その詩は陰画、暗い風景画になるしかないのだ。そして、そのとき、風景画家の目は一気に死者の目に近づくのである。」

中上哲夫は多くの詩人たち他に跋文や推薦文を提供している。それは面倒見が良いことと、そして依頼人の期待に応じる特異な才を持っているからであろう。

次もまた、そのひとりか。永井元章の詩集『結晶亜結晶』にも推薦文を寄せている。タイトルは「平成の朔太郎――永井元章の詩について」だ。紹介しよう。

「永井元章の詩篇を読んで、わたしはただちに萩原朔太郎詩集をかかえて前橋の敷島公園や刑務所裏をさまよい、利根川にかかる大渡橋の橋上で月に吠えた若い日を思い出した。」

（中略）

軽々しくわたしは永井元章のことを〈平成の朔太郎〉なんて呼んでしまったけど、朔太郎本人はどう思うかな。でも、かまいやしない。死人に口なしだ。それに、ひょっとしたら、五年後の永井元章は〈平成の中也〉になっているかもしれないからね。」

この詩集『結晶亜結晶』は１９９１年発行の永井元章の処女詩集である。それでは詩を見てみよう。「たましい」を。

魂の奇形児の
歪んだ瞳に
月がいる。
月がいる。
月がいる。

もう一篇、「発情期」だ。

愛欲に

憑かれた猫の
うるさくて
搔消さんがため
われも鳴くなり。

アフォリズム風の詩が多い。「そういえば、朔太郎もアフォリズムが好きだった」（中上哲夫）と言うように、事実、この詩集のなかにはアフォリズムが多く収録されている。例えば、

時間
時計の針が一本　心臓を目指している。

夕方
にしびにひっぱられてまのびしたしょうねんのかげ。

花
細長く立っている白い花は水滴にたたかれる度かるくうなずく。

などなどだ。やはり、永井元章は〈平成の朔太郎〉であるか。

八王子の翌日、私は川崎市の友川かずき宅を訪ねた。先客がいた。たこ八郎と「はみだし劇場」の田村寛がいて、出迎えてくれた。のち、たこ八郎とは親交を深め、たこ八郎の著書『たこでーす。』と、シングル盤レコード『たこでーす。』を頂戴した。たこ八郎とはうまが合うというか、話がとても合った。映像に映るたこ八郎のせん妄状態で、ボーッとした表情は全然見られなかった。

フォークシンガーの友川かずきは、前日の八王子に私の応援に駆けつけてくれたのであった。そして、朗読のギター演奏もやってくれた。また、終了時には天野茂典の弟の主税のピアノと友川のギターのセッションをやり、終わりを締めてくれたのでもあった。

他に白石かずこ、諏訪優、吉増剛造の三人も応援に駆けつけてくれた。

〈路上派〉はビート・ジェネレーションの詩から出発し、ギンズバーグやケルアックらの影響を色濃く受けているのであるが、この三人の仕事が彼らに大きな影響を与えていることは言うまでもない。そして、傾いていった。結果、詩のなかに固有名詞や感嘆符を多用し、ジャズを取り入れ、同じく詩朗読を行い、諏訪優や白石かずこや吉増剛造らと共演するのでもあった。

それでは、ここで本稿連載の流れに沿って、諏訪優、白石かずこ、吉増剛造ら三人の処女詩集を紹介しよう。まず、最初は諏訪優。

諏訪優の処女詩集は１９５６年に発行された『割れる夜』である。同じ年に田村隆一詩集『四千の日と夜』、岩田宏詩集『独裁』、多田智満子詩集『花火』、粒来哲蔵詩集『虚像』、大岡信詩集『記憶と現在』などの処女詩集が出版刊行されている。

それでは、諏訪優の『割れる夜』のなかから「金曜日」をここに引こう。

電柱の影から

青い少女が生れる

歯にしみる秋

むし歯の中で
ガラスが割れる

アスピリンの月

月夜の
赤い
チカ　チカした
球形のオペラ

「モダニズムの手法の中にもキラリとしたコトバにやわらかな抒情の陽ざしをみせた初期の作品」（白石かずこ）と言えようか。

その後、「諏訪優は過去二十年、このアメリカ詩人に親炙し、作品を翻訳し、評論を書いてきた」と、ギンズバーグに傾倒する姿を現代詩文庫『諏訪優詩集』の〈詩人論〉で、鍵谷幸信は語っている。

それは黒田維理がギンズバーグの『吠える』の原書を逸早く手に入れ、それを諏訪優が日本訳して以来、その後、『ギンズバーグ詩集』も翻訳し、また、『アレン・ギンズバーグ』や『ビート・ジェネレーション』なる本も刊行しているのを見ると、この言述は事実であろう。

そのあとにも、ベトナム戦争下、没落していくアメリカのイメージを幻視する詩集『アメリカの没落』やアンチ・ヒーローとしてのギンズバーグの出現、あるいは再現を思わせる詩集『白いかたびら』など、ギンズバーグの詩集を次々と翻訳して紹介するのであった。

この『アメリカの没落』を読んだ鍵谷幸信は、前述した〈詩人論〉で、次のように述べている。『吠える』が出たとき、一読ぼくはあまり感心しなかった。諏訪は大いに唸っていたらしい。この長詩をめぐって、彼とぼくとは意見が真向から対立した。高校生が書きなぐった詩みたいなものじゃないのかと彼に問い迫ったのだが、諏訪は彼一流の微笑のうしろに感想を巧みに隠して反論もしなかった。

だが、八年前、『アメリカの没落』を読んで、この詩人やはり端睨すべからざる力量と才能の持主だとわかった。ぼくは完全にまちがっていた。諏訪は正しかったのだ」と告白するのであった。

そんな諏訪優に、ギンズバーグは手紙を寄せている。その手紙の内容は『破滅を終わらせるために

『ギンズバーグのことば』のなかに収録されている。紹介しよう。その最後の部分をここに。
「あなたはすでに知っていると思うが、ゲイリー・スナイダーもほん訳をすることがあって、寒山の詩をいくつか訳しているから好都合だといえます。あなたが彼とおたがいのほん訳について——たとえばスラングなどについてチェックしあい、教え合える時間があるといいと思います。オーケイ。私の詩への関心ありがとう、少し長い手紙になった。疲れなければ、このくらい平気なのだが、手紙を書く時間があまりないのが現状です。
でも遠慮しないで必要なことがあったら、手紙を書いてください。

ニューヨーク　一九五九年
九月二〇日
アレン・ギンズバーグ

P・S
「ユーゲン」という雑誌を知っていますか。これはアメリカでもっともすぐれた詩の雑誌だから、わたしからきいたといって、ぜひ送ってもらって読んでみてほしい。」
諏訪優の第6詩集『帰る場所』のなかに数篇、私の住む津軽の詩が集録されているが、ここでそのうち、2篇引用しよう。
まず「雪」を。

津軽平野に雪が降ると

リンゴの木は
追憶の青い影になるのだ
一羽の鴉が
濡れた翼にあえぎながら
旧い町の
大きな屋根の上を翔んでいった

幻の少女の手を引き
逃亡者のように俯きながら
わたしは人気のない露地を曲る
おお　わが封印地獄よ
頬にかかる雪が熱い
冷え切っているのはわたしだ

音もなくたそがれにふる雪
幻の少女が手を引いて
わたしはふと
あの日お前に呼びかけた言葉など

呟いている

津軽平野に雪が降ると
リンゴの木は
追憶の青い炎になるのだ

次に、「雪の弘前を」。

旅のおわりは寺町へ行った
晴れた朝の新雪を踏んで
丘の鼻へ向けて三十三寺
津軽家の菩提寺で行止まった
岩木山を真正面に見た
白銀の山頂に
雪煙が巻いている
光が溢れ　風だけがかすかに動く
あまりにも晴れている
気の遠くなる一瞬だった

百年二百年はまたたきのうち
ここに立った人のことを思った
ここに立つだろう人のことを思った

異様な霊気の中をかき分けて
寺町の辻に引きかえした
童顔の地蔵に花を手向ける老女を見た
老女は石の頬やつめたい手を撫で
こんどは色鮮やかな駄菓子を供え
地蔵に向って語りはじめた
それは子を亡くした若い母親の言葉だった
立ちすくむわたし
老女の背はまるくて優しかった
生きるということはなんと悲しいことだ
晴れた朝　旅のおわりは寺町へ行った

「雪」にしても、「雪の弘前」にしても、ギンズバーグの喧噪とは、ほど遠い世界だ。静寂のなかに身を置いたときの詩篇である。しかし、これも諏訪優の精神的位相のひとつとして、私は理解している。実際の諏訪優はもの静かで、喋り方もおだやかである。このことを鑑みると、これがむしろ諏訪優の本然なのかもしれない。これらの詩篇を見て今、そう思っているところだ。

ここで〈寺町〉というのは、禅宗の寺が33ヵ寺集まっている、言わゆる〈禅林街〉のことであり、〈津軽家の菩提寺〉は〈長勝寺〉のことであろう。藩政時代に軍事の要衝として、ここに寺が集められたのだと聞いている。

昨年5月、新聞の取材で、記者として我が家にやって来た八木忠栄の長女八木純子をここに案内した。途中、弘前市内の明治期等の洋風建築「青森銀行記念館」、「カトリック弘前教会」、「日本キリスト教団弘前教会」、「旧弘前市立図書館」、「旧東奥義塾教師館」、そして、「藤田記念庭園」（ここで昼食を摂る）を案内し、その後、藩政期の「最勝院の五重塔」、「新寺町寺院群」を経て、禅林街33ヵ寺へ。その突き当たりが「長勝寺」である。しばし、その広々とした境内をいろいろ語りながら歩く。彼女は近代期と藩政期が渾然と交じり、絡み合う風景に、とても満足した様子であった。

そして、弘前城公園を散策したあと、近くの「津軽藩ねぷた村」で、「弘前ねぷた」を見学、囃子の太鼓をたたく体験をしてもらった。喜びを体全体で表していた。そして、「津軽藩ねぷた村」に併設されている「山絃堂」へ、ここで津軽三味線の生まの演奏を観て、聴いた。津軽三味線を生まで聴きたい、という願望が満たされた、ということで、とても興奮し、体を大きく揺らしていた。案内した妻と私の二人も、とても満足したのであった。

演奏は山田早千美、おそらく故山田千里の門下であろう。彼女の〈津軽じょんから節〉はよく聴いていた渋谷幸平の〈津軽じょんから節〉の演奏と内部で共鳴するのであった。叩き三味線の力強く、連続する旋律が響いてきて、私の琴線を振るわせたのである。血が熱く、熱く吹雪いていた。

以前、2002年に佐藤文夫、八木忠栄、三嶋典東の三人が〈津軽夏旅〉で訪れた際、山田千里が営む民謡酒場「山唄」に案内した。山田千里と佐藤文夫は旧知の仲で、その時の出会いをとても喜んでいたことを今、思い出している。佐藤文夫は詩人であるとともに、民謡研究家としても数多くの著書を残しており、広く知られているのであった。もちろん、津軽民謡についての評論も少なからず書き残している。

しかし、この時既に、山田千里は病いをかかえており、闘病中であった。にも拘らず、この日、店に顔を出して、佐藤文夫と固く、強く握手したのであった。そして、2004年に他界した。だから、私たちが訪れたあと、まもなく「山唄」は開店休業の状態であったようだ。

その間、山田千里の有力な弟子渋谷和生は市内の富田町に、民謡酒場「あいや」を開店していた。また、2004年3月に渋谷和生の後援会が発足して、小野印刷社長の木村義昭に誘われて、私と妻も入会したのであった。ふたり揃って、「シティ弘前ホテル」で開かれた発足記念パーティーにも出席した。もちろん、私は以前から渋谷和生とは知り合いの仲であった。

なお、千葉県佐倉市の住人佐藤文夫から「阿字」143号について、次のような便りをいただいている。

「まず都月次郎ちゃんと仲野享子ちゃんのことから、本号が始まっているのに驚きました。次郎ちゃんは「詩人会議」で、享子ちゃんは「doin'」と「天文台」で近しい誌友で、中上哲夫氏や天野茂典らと、よく小生の実家にも酔っぱらって泊まっていったものでした。清水節郎も懐かしい名前です。」と、佐倉茶と一緒に届いた。「佐倉茶は冬期の滋養になります。ご自愛専一にお過ごしください」という文言も添えて。とってもあったかいことばです。

私は今年の正月は入院していた。6年ぶりの入院だ。昨年の12月28日に心不全に肺炎を併発して、病院に搬送されたのだった。

運よく生き返って、救急病棟から一般の病室に移って、テレビを観れるところまで回復していた。四人部屋であったが、ひとり1台ずつ、小型テレビが備わっており、イヤホンをつけることが厳守で、自由に観ることが許された。

テレビは連日、厚労省の統計不正を報道していた。死の淵をさまよい、頭がボーッとしていた私であるが、観ていると体の奥底から怒りがこみ上げ、腹の立つこと十全であった。生き死にの病気をしても、批判力は衰えていなかったのだ。これで生きていることを実感したのでもあった。この時、つくった短歌をここに。死にぞこないの恨み節だ。梶芽衣子の「怨み節」があと押しする。「ばかなオトコのうらみぶし」か。

事件だよこれは詐欺罪世も末か
　統計不正末法を見た

厚労省第三者とは身内のこと
　陰蔽ごまかしウソつき放題

官僚を統計不正で更迭す
　口封じなり責任転嫁

清張はいかなる「疑惑」暴くのか
　統計不正の裏にあること

文科省贈収賄で恥曝し
　幹部退陣教育無残

騙すのか言いのがれてはすりかえて
　責任のがれアベの言動

消費税バラまきするならなぜ上げる
　総理よ偽瞞いい子でいたいか

政権のモラル崩壊泥沼ぞ
　羊頭狗肉アベシンゾウよ

偽りのひとりよがりの総理あり
　唯我独尊鼻もちならぬ
潔く退陣するかアベ総理
　根強い悪は恢復不能

　ここに至って、異色の詩人二人取り上げよう。親しく、そして、私の好きな詩人である。ひとりは阿賀猥。出版の「ｉｇａ」を立ち上げ、詩と同様、反逆と反価値の本を出しつづけて好調だ。この詩人の出発の最初を見てみると、遊戯の詩に突きあたる。ナンセンスふっふっで、干からびた事象を笑い飛ばして、粉々に蹴散らかす作品が多数認められる、阿賀猥にとって、これも遊戯のひとつであるか。

　処女詩集は１９８５年11月発行の『猥について』だ。彼女とはそれ以前からの付き合いだ。発行者は荒川洋治、だから発行所は紫陽社。帯文の宣伝文句は言う。「〈背徳〉。リフレーンが谺する。阿賀猥の怖るべき処女詩集」と。背徳と猥雑と反逆と、これらを発条に阿賀猥は飛び立ち、挑んでいくのであった。奇妙なほど愉快な出発である。

　そのなかに「ホモ・ルーデンスたち」という詩作品がある。崇高な冗談と快活な遊びごころが流れ出て、世間の常識を覆している。

　それでは、そのⅢとⅣをここに引こう。

Ⅲ

ある日、お母さんの見た恐ろしい夢
無人の浜辺で、メン鳥が一匹
砂をほじくって歌う
——ヒナ鳥はもう帰って来ない
　遠い都市で群れる鳥
　その鳥たちと遊びまわって
　あきるまで、あきあきするまで
遊びがすぎて、ズタズタに裂け
遊びつかれて、ついに死ぬまで

Ⅳ

時がめぐって
みんな一緒に入江で遊ぶ
ヒロコにサチコにタマミにトオル
何処かのお母さんの元気な子供たち

小舟の上でふざけて歌う
——ヒナ鳥は唐揚げにして
メン鳥は水炊きにして
遠い昔、食ってしまった
——ヒナ鳥トモコに　ヒナ鳥ハルカ
ヒナ鳥シゲルに　メン鳥のママ
きれいさっぱり　食われてしまった
いつか未来の　私らみたいに
それから、みんな揃って笑い転げた
笑いが　すぎて海に落ちませんように
海に落ちたら　海の中でも
笑って笑って笑いまくろう

阿賀猥のこの人を喰った言動が小気味よい。世の中、保守の固陋が続き、閉じて閉塞感が漂よいつづける限り、「ホモ・ルーデンス」の遊戯は変革の姿勢を示しつつ、負に固定化した保守の頑迷を破壊していくものと思いたい。だから反逆する。ホイジンガの「ホモ・ルーデンス」を持ち出すまでもない。世俗的で、形式的なマジメ主義に対して、自由な遊びのもつ文化的意味をホイジンガは強調したのであった。阿賀猥は今なお、反逆や異化や嘲笑やひやかしやアイロニーやいたずら等を動員して、一喝する能力が満々だ。そして、アヴァンギャルドの尖った風景も迫ってくる。

もうひとりは小笠原眞だ。彼の詩を読みすすめていくと、いつのまにか、今までの風景ががらりと変わり、もうひとつ別のシーンが眼の前に現われている。思いもしていない方向に誘い出し、在るべき世界に導いているのだ。「詩は手品、魔法ではないが、人のやらなかったことを、今までになかった方法論のもとで書くことが何よりも重要である」（藤富保男『一発』より）というこの言表を具現化しているのだと思っている。やはり遊戯であるか。多種多様の知としての遊戯を動員して、詩表現が多彩に展開している。その意味で、彼にあっても、遊びごころが満載だ。

第2詩集『あいうえお氏ノ徘徊』を見てみよう。順に追っていくと〈あの氏〉〈いたずら氏〉〈うじ氏〉〈エクスタ氏〉〈おす氏〉〈かれ氏〉〈きざ氏〉〈くら氏〉〈けむ氏〉〈こがら氏〉〈さるまわ氏〉〈しんぶん氏〉〈すこ氏〉と続き、最終の〈氏じん〉に連らなっている。50音が数珠つなぎとなって、連綿と続いているのである。これで本詩集のタイトルが〈あいうえお氏〉であることが判明する。そうと分かれば、次の詩篇を読もう。「あの氏」だ。

あの氏と話し込んでいると
いつも母を連想してしまい
退屈な午後の余暇も
昏い深海魚の午睡も
てんで陽気になってしまい

あの氏は実在しない
突き詰めて考えた事はないのだが
きっと心の中に存在しているのだ
心のどこか隅っこに棲みついていて
心がギュウと踏みつけられた時
路傍の石のように
ニッと笑っている

あの氏に挨拶された
さっきもいつものように
つまらないことで煩悶していたのに
融通が利かない心理に
ガソリンをかけられた

そのあとに、次の俳句が置かれている。もちろん、これも小笠原眞の創作だ。

会いたくて熱き心に朝露が

小笠原眞もホモ・ルーデンスの詩人、だから、あるいはと思って、詩のフレーズの語頭を右から左へ横に読んでいったら、やはりそうであったか。次のように読めたではないか。

あいたくてあつきこころにあさつゆが

そう、掲げた俳句「会いたくて熱き心に朝露が」と合致したのである。これは俳諧か、滑稽の極みの俳諧だ。滑稽したたらせながらぶらつき、うろついて〈徘徊〉する俳諧だ。小笠原眞は遊びの路上を徘徊し、『あいうえお氏ノ徘徊』を具現化し、みごとに〈あいうえお氏〉と合体するのである。まさに新境地を開いた詩だと言える。小笠原眞は〈折句〉の詩を遊んでいたのだ。

しからば、処女詩集はというと『一卵性双生児の九九』なる詩集を1988年9月に発行している。本詩集においても大いに遊んでいて、崇高な遊びがいっぱい詰め込められている。彼もやはりホモ・ルーデンスの詩人であった。そのなかから「温泉心中現代版」を、ここに引いて紹介しよう。

文学少女裸美　正中線　ハッ　と飛翔し　温泉の硫黄　素麺の　星空　毛孔の
お茶菓子最中を　砕けた指に　狂喜乱舞　動脈静脈　皆美しく　シャンとした
怒張で　産卵する　華麗な立体を　夕暮れ　肉食緊慉し　蛇行散歩の最中に
フルフェイスのＭＢに遭遇。ＭＢ　四肢散乱させ　奇光体　浴衣の裾閃かせ
浸潤性に　血管は星座に跨り　松の盆踊り　花火顔面に　発赤し　出世出世と

家系と真探り　呼吸数心拍数　疾駆し　火花闇に　点　点　点　脳血栓　出血は嫌と　ビタミン剤空に合わせて　裸美の優雅　裸美の妖艶　神経捩りながら　MBの眼球に　突き刺さる　浴衣千切れ　果物　口唇に含み　凱旋門の祝砲　電撃的逢い引き　だった。　筋力温泉の　リングサイド　流血　心読書　裸美瞳潤ませ　MBの大胸筋に顔埋め　咬ってはいけない明治の文豪を口ずさむ。　陰りあれ。　その陰り。　酒の　野原で　ヒットした宇宙の大放蕩息子よ。　村民は　鉈　鎌　鋤　鍬　手には鉢巻き　眼底動脈拡張させ　少女　裸美胸を震わせ　紅潮した　沢庵石。　砕氷　ガラス　破片　眼瞼パックリ　河童　の　皿　たまには陥没して　五十CC　噴水　西瓜の　種を孕む。　裸美よ裸美　急ぐのは太陽の義務感だ。　爆笑してはいけない。

（後略）

本詩集はシュールな画人であり、詩人の高橋昭八郎の眼にとまって成った、という。よって、編まれた詩篇はシュールレアリスムやアヴァンギャルドやロシア・フォルマリズムの異化などの知を動員して加速している感が非常に強い。だから、クリシェや常とう句を排し、あるいは置き換えたことばたちに大いに納得した。また、小笠原眞は医師であるゆえ、眼や接触する皮膚が細やかで緻密、そして老廃物をとり除いて、詩は生の処方箋であるか、と思わせる。

さらに、何よりも批評性に富んでいる。詩人論や詩論を書くことになる、その芽ばえが既に、ここに認めることができる。実際、そののち突出した『詩人のポケット』という詩人論を刊行して、今また、その続編にとりかかっている、と聞く。詩集にしても、詩人論集にしても、人間味がいっぱい溢れている。そして、読む者を解放し、自由にする。人のいのちを大事にしている証しだ。よって、生の躍動をもたらす。在るべき生の膂力が膨らむ。揚句、思惟の桎梏から我々を解き放つ。私のいのちが至って健康になる。

哲学が勃起する。「哲学は己れ自身のうちで、絶えざる闘いを遂行するものである」（ヤスパース『哲学とは何か』より）ということを再確認する。

その後の小笠原眞の詩行為、詩表現を見てきたが、いま、新ためて、このように思っている。新しい価値が産み出される。そこには、未だ見ぬ世界がいっぱい溢れている。小笠原眞の創り出した世界だ。

既成の概念にとらわれることのない、言わば概念をことばに表わす以前のことばでないものをことばで表わすために、孤立無援を厭わず自分をみつめ、つねに自分と対決する姿勢を固持してイデアを愛慕し、哲学することを続け、詩の営みと格闘している詩人が小笠原眞であると言えよう。よって、道でない道に穴を穿ち、自分の道をいろいろ模索し、創り出している現在である。

渉猟4　白石かずこと佐藤文夫と吉増剛造と安水稔和と

諏訪優に続いて、次は白石かずこだ。白石かずこの処女詩集は1951年に発行された『卵のふる街』である。そのなかから、タイトル詩の「卵のふる街」をとりあげてみよう。

青いレタスの淵で休んでいると
卵がふってくる
安いの　高いの　固い玉子から　ゆで卵まで
赤ん坊がふってくる
少年もふってくる
鼠も英雄も猿も　キリギリスまで
街の教会の上や遊園地にふってきた
わたしは両手で受けていたのに
悲しみみたいにさらさらと抜けてゆき
こっけいなシルクハットが
高層建築の頭を劇的にした
植物の冷い血管に卵はふってくる
何のために?
〈わたしは知らない　知らない　知らない〉
これはこの街の新聞の社説です

白石かずこが10代の後半に書いた詩を集めた詩集である。北園克衛から「だしたら?」と言われて、これまで書きためていた半分に、一晩で書きためて出した詩集だという。北園克衛らの「VOU」に所属し、モダニズムの影響を色濃く受けながらも、開放的に自在にロマンの夢を展開している作品が並ぶ。しかし、第2詩集『虎の遊戯』は処女詩集から9年後に出版刊行されている。この空白は、いったい何であったのだろうか。処女詩集から第2詩集へ、その間、いったい何があったのか。親しくしている今になっても、訊いたことがない。しかし思うに、白石は早稲田大学大学院まで進んで学んでいるところをみると、その間、学業に専念していたのであったか。

しかし、1960年代に入り、モダン・ジャズと衝撃的な出合いがあったことは知られている。そののち、ケネス・レクスロスやゲイリー・スナイダーたちと親交を結び、諏訪優とともにビート詩人の地位を築き、モダン・ジャズと競演して詩の朗読を積極的におこなっていった。そのいきさつを述べる前にここで、白石かずこの処女詩集『卵のふる街』と同じ1951年に発行された他の詩人たちの処女詩集を整理しておこう。まず1951年には峠三吉詩集『原爆詩集』が発行されている。翌1952年には谷川俊太郎詩集『二十億光年の孤独』、吉本隆明詩集『固有時との対話』、中江俊夫詩集『魚のなかの時間』、そして、私と付き合いのあった武田隆子の詩集『雨の海』が発行されている。

そして、詩とジャズの活動については、自著『詩の風景・詩人の肖像』で、次のように詳しく述べている。

ケネスがアレンを招いたサンフランシスコでは、詩の朗読の花火がジャズ演奏と一緒に行われた。

これをサンフランシスコ・ルネッサンスと呼ぶ。その響きは太平洋をわたり、日本の波うちぎわまで聞こえてきて、若い詩人たちは心さわいだ。その中でもことにジャズとビートに深い関心をおぼえているものたちは、新宿のジャズ喫茶「汀」に集まり、ここを拠点に何かをはじめようとした。そこにあった（ホーレス・シルバーの）「Doing the things」というレコード・ジャケットを指さし、この題名でいこうとわたしが言い出した。すぐ日本のビート派の詩誌の名は「doin'」に決まった。諏訪優、八木忠栄、佐藤文夫、赤木三郎、沢渡朔、白石かずこらが集まっていた。六〇年代初頭のことだ。日本で詩を声に出すという行為を真剣に考え、それを最初に行動としてスタートさせたのは、この「doin'」に結集した面々である。（しかし、）こうした日本のビート派はアウトサイダーであり、少数派の運動としか見なされなかった。

この「doin'」については、佐藤文夫も「炎樹」第79号で、次のように語っている。

63年に発足した詩とジャズの会「doin'」では、八木忠栄さんとともに諏訪優、白石かずこ、岡田隆彦、吉増剛造、草森紳一、鎌田忠良、沢渡朔さんらとの出会いがあった。
ここからはジャズ評論家である副島輝人さん、ミュージシャンの藤川義明、翠川敬基さんらとの出会いもはじまった。

しからば、ここで、佐藤文夫の処女詩集について整理しておこう。その処女詩集は１９６１年に発行された『昨日と今日のブルース』である。

装画・装幀は当時、新進気鋭の画人であった真鍋博である。小さな真四角の黒を射抜いた白抜きのタイトルは、その趣向がきわだって新しく、その脇にさらに小さく「佐藤文夫」の文字が白抜きで、あくまでも斬新なアイデアで貫かれている。その下にはトランペットの図絵が置かれて、これもすばらしい着想だ。

版元から「装幀はどうする？」と問われて、佐藤は「真鍋博にお願いできないか」というやりとりがあって、実現したと聞く。佐藤文夫の達見である。若き真鍋博の高い将来性を見越していたのであろう。後年、佐藤文夫は美術出版社の社長の任に就くのもむべなるかな、と思わせる若き日のエピソードだ。

それでは、この詩集のなかから、「寂しい女」を引用しよう。

コオルマンのように
うめく女がいた

寂しいとき　女はうめいた

アァア　アァア　アァァ
アァア　アァア　アァ

歓びのとき　女はうめいた
ウゥゥ　ゥウウ　ゥウァ
ゥウウ　ウゥゥ　ゥウウ

女は冷い体をしていたが
心は　いつもあたたかかった

女は　いつもほほえんではいたが
ちっとも　しあわせではなかった

女は　ふしあわせな自分を思うと
きまって　涙ぐむのであった

女は　涙ぐむと寂しくなり　寂しくなると
きまって　男に抱かれたくなった

ァアア　アァァ　ァアァ

アァァ　アァア　アァア
女は　男に抱かれると
きまって　しあわせなような気がした
ウゥゥ　ゥウゥ　ゥウゥ
ゥウゥ　ウウウ　ウウウ

女は　そのときしあわせだと思ったのは
体が　ぬれていたからであった

ぼくは　その女のために　いつの日か
体のぬらさぬ　しあわせのくることを
いのるのであった

この詩作品について、武田文章は「現代詩手帖」(1961年9月号)で、次のように評している。

性をこのように大っぴらに題材としてえらぶ態度は、詩的世代の極く若い部分にとって、それほど不自然ではないらしく、同人誌などを読んでもしばしばお目にかかるようだ。

それはそれとして、この詩に使用されたオノマトペは、それだけでもユニークなものであるようにみえる。一般的にいえば、これまでの詩人たちは、オノマトペの使用は避けていたし、それが詩の構成にとってひじょうに危険なもの、詩の密度をきはくにし、通俗的なものにしてしまうものと考えていたのではなかろうか。

この詩にとって、4つのオノマトペの部分が重要な意味をもっているということは、その部分をはずして読んでみればわかる。オノマトペ以外の部分だけでは、感傷的で通俗的な印象しか残らないのではないか。通俗的な意味のつながる連を単調なオノマトペによって切断することにより、より乾いた詩情をかくとくして、最後の連の感傷をある程度は批評にまでたかめているのである。

『昨日と今日のブルース』のなかには、もっと秀れたオノマトペの使用があり、作品としても問題にとみ、完成度のたかいものがある。

また、武田文章は同じ評のなかで、次のようにも言っている。

佐藤文夫の詩集のなかにジャズプレーヤーの名前がでてくる。そのあとがきのなかでも、彼はモダン・ジャズについての共感を熱っぽく語っている。天沢も、ぼくの記憶では、詩をモダン・ジャズをききながら書くということを、どこかに書いていた。この二人の詩の背後に共通してあるようにみえる行動性は案外、モダン・ジャズの影響かもしれない。そして若い詩人のなかには、モダン・ジャズへの共感が流行しているようだ。

このことを証明する文言を本詩集の〈解説〉のなかに、見届けることができる。門倉訣の〈解説〉である。それは、奴隷としての黒人のきびしい生活の確認から始まっている。

黒人たちはアメリカ大陸で奴隷としての、暗くきびしい生活を送ってきました。このアメリカで奴隷として使われ、しかも人間の心の底をかきむしるような激しい叫びのリズムをもつジャズを生み出した黒人たちの先祖はアフリカ黒人です。

佐藤文夫が砂漠のバラを唄うとき、その詩の中に、このひたむきなアフリカ黒人の血が脈打っているのを見出すことができます。

それは全編を通じて流れる、ひとのリズムであり、このリズムを彼が魂として発見し、創作上の手法にまで消化していったながい時間と平行してつづいた、心のカットウをも意味するのです。それは、彼が前向きの姿勢で生きてきた時代の背景をぬきにしては考えることのできないものでもあります。これが、佐藤文夫の詩の第一特徴といえます。

そしてさらに、ジャズの中でも、単純ではあるが人間のぎりぎりの叫びであるブルースの手法——家族から引き裂かれ、人々から裏切られた人間の絶望と慟哭——けれどその中から立ちあがる生命の鼓動、その深い本質的なものへの志向を、佐藤の生活と詩の中からさぐりあてることができます。

さらにこの詩集の第二の特徴として、思想性への志向をあげることができます。それは平面的なジャズ愛好者、ジャズマニアのそれとは区別されるべき、ここ十年間の人間としての彼をささえてきた行動性、大衆性ともいえます。そしてその底を流れるものは、やはり土性骨のような思想へのあくことなき志向であると思われます。

現代の奴隷にあまんじて枠の中の自由という量を涙をながして喰らうことのできぬ詩人の今日性への意識です。現代に生きる詩人の多くが、最も不得意とする遺憾なこの欠陥に、佐藤文夫は鋭いメスをいれているといえます。

期待するより歩きつづけることに己れを賭けて生きつづけてきた佐藤文夫の足音のたくましさに、私は耳をすませ、願いをこめて、その黒い横顔をみつめていきたいと思います。

と門倉訣は説くのであった。達見である。私がのちに知り合いになる佐藤文夫の実像を既に処女詩集のなかに、門倉は見て取っていたのだ。

同じことを片桐ユズルも言っている。それは1962年5月1日号の「三田新聞」のなかに見届けることができる。次のとおりだ。

おそらく佐藤文夫はジャズからインスピレーションをえて詩をかくようになった。詩集『昨日と今日のブルース』の〈あとがき〉で言っている。

『ある日のこと、ウス暗いジメジメした詩の世界を手さぐりで歩いていたぼくの前に、とつぜん、光がさしこんできました。

その光はオレンジ色で、みるとアフリカの方からさしてくるのでした。生まれてはじめて、こんな音をきいてぶったまげました。こいつこそ、人民の音楽だ！　まさしくそいつは抑圧された人民、黒人の音楽でありました。』

ブルースも日本にくると夜霧のブルースとか、ふつうの流行歌にすぎなくなってしまったが、ほんとは、いろんな定義がある。

詩のかたちでいえば、一行目とそれと大体同じですこしちがった二行目と、ぜんぜんちがった三行目と、また四行目は一行目とおんなじとか、かんたんな、しかし生活の手あかでよごれたコトバのくりかえしである。そして佐藤文夫は、日常のフレーズをつかまえて、ジャズのようにくりかえしくりかえし吹きならす。「カクメイ・サンカ」では「チンポコタッタ／チンポコタッタ／チンポコタッタ／タッタッタ／やるならいまよ／タッタカタッタ／タッタカタッタ」、「やるならいまよ」のところに「あなたとわたし」「やるのはいまよ」といったふうなことばを入れかえさしかえしてあるだけのケッサクである。それから星がマタタクドブ川ニ、ポコポコポコポコ、メタンガスがでてくるのをワキオコル民衆のエコーとかんがえ、

アア　アワテフタメク　支配者アンタ
ヨドミニ　ヨドム　コンドーム

というグランド・スタイルで形式と内容の不一致でからかっている「夜景の問題」は最大ケッサクである。彼はこのようにして、ジャズの思想とテクニックを自分のものとしたが、ジャズと朗読詩の会を諏訪優たちとはじめている。

もの悲しい感じの哀愁を帯びた四分の四拍子のブルース。アメリカ黒人に歌われた哀歌である。のち、ジャズに取り入れられて、ジャズの音楽的基盤ともなったブルースである。

このブルースが底に流れている詩集が『昨日と今日のブルース』である。処女詩集である。このの ちの第2詩集もブルースを志向し、タイトルは『ブルースマーチ』である。黒人が両手で頭をかかえた沢渡朔の写真の装幀が印象的だ。壷井繁治賞を受賞した詩集だ。また、これより前に出したエッセイ集『ブルースがマーチになるとき』も衝撃的で感動する。

そして、各地の庶民の日常生活のなかから自然発生的に生まれて長い間に伝承され、その地方の人々の生活感情を表している素朴な歌謡を民謡だとすれば、佐藤文夫は民謡を伝承し、また、民謡探求の途についたのも大いに理解することができる。

さらに名もなく、力もなく、貧しい民衆の苦悶や哀歓の日常生活のうめきのなかから生まれたのも民謡であるとみれば、なおさらのことである。黒人の生活感情と実に似ているではないか。

その成果は形としてあらわれ、また、現在もその道を歩きつづけてもいる。そのとおり、民謡に関する著作は『民謡の心とことば』、『詩と民謡と和太鼓』、『民謡万華鏡——祭りと旅と酒と唄』などがある。さらに、「みんよう春秋」他に連載を精力的に続けている。なお、本誌には伊奈かっぺいも連載を続けている最中である。

佐藤文夫は２００２年の「詩人会議」の講演で、次のように語っている。

私はアメリカの黒人たちのジャズに熱中していました。（白人たちのではありません。）このころ、マックス・ローチ（ドラマー）との出会いが一つのきっかけで、その後、私は次第に日本の民謡の世界へのめりこんでゆきます。
つまり、黒人のミュージシャンによって演奏される分りやすいジャズのソウル（魂）と民謡における分りやすく、優れた詩章とをドッキングさせ、新しい私の詩をめざすこと。そのための民謡の探求でした。

と語るのであった。
他に、詩集『昨日と今日のブルース』への評として、田村正也の「日本読書新聞」の次の評がある。紹介しよう。

現代詩の技術と肉声の接点に、この詩を置いてもいい。チンポコを歌った詩は、山本太郎の壮厳から谷川俊太郎の童謡に至るまであるが、

チンポコ　タッタ
チンポコ　タッタ
チンポコ　タッタッタ

やるならいまよ

タッタカ　タッタ
タッタカ　タッタ

あなた　と　わたし

タッタカ　タッタ
タッタカ　タッタ

（中略）

まえむいて　まえむいて

タッタカ　タッタ

うしろむき　いやよ
タッタカ　タッタ
タッタカ　タッタ
タッタカ　タッタッタ

（後略）

といったトーンから、直射日光のキューバを思い出したりする。

というものである。「カクメイサンカ」という詩である。キューバのカクメイとくれば、私は即、チェ・ゲバラを想起する。フィデル・カストロは2016年に亡くなった。これまで生きていたことに驚いている。チェ・ゲバラに比べて、フィデル・カストロは影が薄かったということだ。

この詩を眼にして、木原孝一は「佐藤文夫のカタカナブルース」と「詩学」で評したのも肯ける。同じ「詩学」で、関口篤は次のように論評している。

僕の最初の詩集と佐藤文夫の第1詩集『昨日と今日のブルース』は共に主としてアフリカを主題としたものであり、半眼をつぶってひきしぼった武器には古代毒矢と近代弓ほどの違いは確かにあっただろうが、狙いはまさしくアフリカ大陸奥地の未開の初源的生命のたくましさにあったのだ。そして、その返す遠矢で文明なるものに毒され、弱りはてた二十世紀後半先進社会への残酷な痛撃を加えんとした意図もまた、ひとつのものであった。そう、その同族感、それが僕をして佐藤の文チャン推せんの一文を書かしめているという脈絡なのだ。

『昨日と今日のブルース』は主としてアフリカを主題としたものである」と言うとおり、佐藤文夫は本詩集の〈あとがき〉で、次のように述べている。

ある日のこと、ぼくの前にとつぜん、光がさしこんできました。

その光はオレンジ色で、みるとアフリカの方からさしこんでくるのでした。そして、光とともにへんに魂をゆさぶる音がきこえてきました。生まれてはじめて、こんな音をきいてぼくはまったくぶったまげました。こいつこそ、人民の音楽だ！　まさしくそいつは抑圧された人民、黒人の音楽でありました。（中略）

もともと彼らの先祖はアフリカから鎖をつけられ、鞭をうたれてつれてこられたのです。

しかも、その鎖が未だにとけたといいえないのが今日です。人種差別とか、金持ちと貧乏人の差別とか、今日彼らがつながれているのとおそらく同じ鎖にぼくらもつながれているのです。その人間の解放のために、アートもローリンズも、マイルスもコールマンも、キャノンボールもコルトレーンも、その曲にたくして、祈り、怒り、吠え、憎しみ、そして喜びをうたっているのです。

ローリンズの声、マイルスの呼びかけ、コールマンのうめき、キャノンボールの笑い声、それがぼくの耳にきこえてきます。

やがて、ジャズは複雑で腐敗しきった現代独占資本主義の機構の中で、アートやローリンズたちがぼくらの夢を育て、闘う、リッパな武器として役立つことでしょう。


と発言したのであった。この意識と思想が、のちの「doin'」の結成につながり、また、「ポエトリー・アット・ニュージャズ」の活動につながっていったのであろう。

処女詩集『昨日と今日のブルース』へのハガキも多数、舞い込んだ。二、三紹介しよう。

寺山修司からは「詩集『昨日と今日のブルース』ありがとう。『ねむれ寺山修司よ』という詩には微笑しない訳にはいきませんでした。」

片桐ユズルからは「詩集ありがとうございました。ジャズに対する一般のちかづき方には、ぼくも同感できないでいたことでした。ぼくらの武器として役立つことは、そうカンタンだとも思えません。しかし、とくに最後の「昨日と今日のブルース」はけっさくで、かんたんなコトバのくりかえしが、じつにきいています。」

諏訪優からは「ジャズ詩集〝昨日と今日のブルース〟をありがとうございました。真鍋博さんの装画がこの詩集にふさわしく、僕をあなたの詩のリズムとビートにさそってくれます。カクメイサンカという詩が僕には大変面白く思いました。この詩とＭｏｒｉｔａｔが面白かったのですが、Ｍｏｒｉｔａｔの方は、ハナシコトバが詩の中に生き生きと感じられました。今日は土曜日、モンクのピアノをききながらカクメイサンカの大変カナシイリズムをかみしめています。」

白石かずこからは「昨日と今日のブルース、をありがとうございます。私も真鍋博氏の装幀で、今後の時はやりたいものと思っていたところでした。カバーの文字の小さいところが、特に気に入りました。詩集の題もよいです。ここでは、なじみの寂しい女も、アートブレーキ達もでてきて、このリズミカルな言葉の後に本当に音楽が流れだしてくれればよいのに、と思いました。」

そして、『昨日と今日のブルース』刊行の翌年の１９６２年、詩とジャズのリトルマガジン「doin'」を発行し、同時に「詩とジャズの会」を結成して「ポエトリー・アット・ニュージャズ」として定期的にジャズのミュージシャンたちの演奏と、詩人たちの詩朗読のイベントをおこなったのであった。

この間の経緯については白石かずこと佐藤文夫の言表をとおして前述した。「doin'」は1965年10月まで続いた。この編集人は佐藤文夫であった。そして「doin'」以後は諏訪優を中心とした「天文台」へと移った。しかし、詩とジャズの運動は絶えることなく、10数年も連続して持続させ、「ポエトリー・アット・ニュージャズ」は続けたのであった。

この会の圧巻は1972年3月の渋谷の西武デパートの駐車場で聴衆を800名も集めて開催したイベントであった、と佐藤文夫は語る。西武の社長の堤清二に直接交渉して実現したのであったという。堤清二は詩人辻井喬として、このイベントに思い入れが深かったのであろう。そしてまた、堤清二＝辻井喬は既成概念にとらわれないひとでもあった。

これの詩人側からは秋村宏、赤木三郎、佐藤文夫、白石かずこ、渋沢孝輔、諏訪優、富岡多恵子、中上哲夫、三好豊一郎、村田正夫、八木忠栄、吉増剛造たち、ニュージャズの側から沖至四重奏団、今田勝、藤川義明ナウ・ミュージック・アンサンブルらが出演した。

ここではジャズは単なる詩の伴奏ではない。詩も主張するように、ジャズも己れを主張するのであった。つねに、詩とジャズは対等に渡り合っていた。そこは熱ある闘いの坩堝であった。ぬくぬくとした出会いではなかった。いつの時も、そこには闘いがあった。だから、妥協することなく永く続いたのであろう。

この他に、佐藤文夫は他の詩誌にも参加している。1961年夏には秋村宏、門倉訣らと「炎」、1962年初めより城脩、村田正夫、武田文章、中川敏、草鹿外吉らと「赤と黒」を発行している。1962年12月には「詩人会議」結成に参加し、現在50年以上続く。その間、「詩人会議」の編集長を務めたのでもあった。また、常任運営委員長も務め、現在は顧問である。さらに1989年、滝いく子、片羽登呂平、三浦健治、鈴木文子らと同人詩誌「炎樹」を発足させ、継続している。現在もその中心を走っている。

さらに、履歴を見てみると1980年から1995年まで、岩崎美術社社長を務めた。岩崎書店の編集者時代と併せて、長きにわたる出版人としての生活からようやく解放されたのであった。

その後2002年8月に佐藤文夫、八木忠栄、三嶋典東の三人は弘前の私の家を訪ね、一週間ほど津軽夏旅をしたのであった。新幹線の新青森駅でレンタカーを借りて、やって来たのであった。運転手は佐藤文夫である。この時、佐藤文夫は「詩人会議」の編集長をしていた。また、八木忠栄は「セゾン文化財団」の専務取締役をし、画人の三嶋典東は武蔵野美術大学教授をしていたのであった。また、この時、佐藤文夫は伊奈かっぺいについて、私に詳しく訊いていた。そこで、私は伊奈かっぺいの『平成・消ゴムでかいた落書き』を差し上げて、説明したのであった。

そして、白石かずこは『詩の風景・詩人の肖像』のなかで、〈路上派〉についても言及している。「そんなことも、あんなことも、いろいろ起きた。六〇年代は日本もアメリカも自由と解放で過熱していた。ジャック・ケルアックの『路上』を熱愛する〈日本路上派〉も生まれた。中上哲夫、八木忠栄、経田佑介、泉谷明らは日本の奥の細道ならぬ路上の詩を浸透させていった。」というものである。

白石かずこは交友が広い。それを示すかのように雑誌「ヤングプラザ」に「私の交友録」を連載している。その50回目、1985年1月号は泉谷明である。「吟遊詩人はモヒカン刈りの先生」というタイトルが付されている。そのなかで、次のように述べている。

「あのフォークソングで、今は役者もやる三上寛が彼の教え子ときいて、だから寛は、とうなずいた。モヒカン刈りで詩人の先生、ジャズが好きでピアノを弾き、ジュニア・マンスのことなど話す。『詩人ってカッコイイな、自由な精神をもって』と寛は、自分もあんな風になりたいと思ったのだ。（中略）弘前で泉谷明の弟である栄さんに逢い、快活で明るく、温かい栄さんから、同じ教師をしているが栄さんは高校、お兄さんの明さんは小学校。最初、モヒカン刈りで小学校の先生をしていたときいて、飛びあがるほどびっくりしてしまった。」というものである。

その後、私は白石かずこに誘われて仙台、盛岡、青森、弘前へと詩朗読や講演などに付き合ったのであった。仙台の原田勇男の詩集の出版記念会でも一緒になった。

そして、次は吉増剛造の処女詩集の『出発』である。これは１９６４年に発行された。同じ年に清水昶詩集『暗視の中を疾走する朝』、吉原幸子詩集『幼年連禱』、堀川正美詩集『太平洋』、中正敏詩集『雪虫』などが発行されている。

『出発』の発行元は新芸術社、ここの編集部に居たのは八木忠栄。よって、この詩集は八木忠栄の手によって成ったものである。八木忠栄はその後、思潮社に移り、「現代詩手帖」の編集長になった。

そして、私は編集長の八木忠栄から「現代詩手帖」で処女詩集の特別企画をしているので、栄さんには吉増剛造の『出発』について書いてもらいたい、と連絡を受け、その原稿を八王子の詩の催しの日に持って行き、八木忠栄に渡したのであった。その原稿が１９８１年10月号の「現代詩手帖」に掲載されたのであった。タイトルは「詩の可能性への出発」である。そのエッセンスをここに再掲する。

吉増剛造の詩の出発は、まず事象がひしめく空間、その空間の闇のなかに自己の身体を投げ入れることから始まり、その構成は歩行によって開かれる。徘徊し、つまりさまよい歩くことによって直接的な存在感の現われに迫ろうとするのである。

歩くということはただ心臓におべっかを使うということなのか
歩くということは巨大な濁流に見えない橋をかけるということ
　なのか
まぎれもなく
おれは歩いている
ランボー小僧に小便をひっかけたペニスをひきつれ
優しいおんなの吐息でぐにゃぐにゃになった醜悪な顔を
電柱にそっとひっかけ
ポリ袋におさめた性欲を
ぶらさげて
おれは歩いている
ひょろひょろの腕をふりふり
鮮明な瞳をギシギシ空転させ
おれは歩いている

（「雑草よ」部分）

歩いて肌に触る外的な事象は実に猥雑で、有るべきものでないものが雑然と入りまじっている。その事象がまとまりなくひしめく空間を〈ポリ袋におさめた性欲を／ぶらさげて／おれは歩いている〉〈鮮明な瞳をギシギシ空転させ／おれは歩いている〉のだ。

吉増剛造は、こういう猥雑で、雑然とした空間をさまよい歩くことを己れの内的生活の問題として取り組み、この場を想像力の動きに組み換えて詩の生成への願望を充たそうとする。この場は当然、既に知覚している場であるから、この場の移動の経験は吉増剛造自身の内的な準拠枠から得られたものと言える。だから、外界が内的な動態と相即した時には、生き生きとした運動をくりかえしながら時間と相まって、その行為を想像の世界にまでたちのぼらせることができるのである。またその行程で、各詩篇に見られる固有名詞と響鳴することによって、さまよい歩きはさらなる想像的な営みへと拡げていく。その機能が作用することに向けた多色的な事象への関心は多面的な感受性と照応し、事象の移ろいとともに自我の創造的能力をも拡げる。そして、なおも具体物との内的弁証法を保ち続けようとする。

それら具体物は殆んど偶然に選ばれたように見せながら、その実、そこから獲得した像に絡まる感情のあくまでも明確であるのをみると、生の本然を鮮やかに浮かびあがらせることを主眼に置いた物たちに違いない。それらには、まぎれもなく、吉増剛造自身の現実的自我の強烈な自覚と執着が付きまとっている。固有名詞を多用する所以である。

さまよい歩くことによって、つねに移ろう外界の事象の侵犯を受けとめ、共時的に引き受ける、そのこと自体に価値があることも知っているが、しかし、それを内的な動態として全体に体覚しようとすれば、熱病じみたあがきにならざるを得ないということも知っているのではないか。あがきの認識は詩人をカオスに誘う。しかし、吉増剛造はそのなかで、自分自身が〈淋しそうにはいかいする野良犬〉(「野良犬」)や〈地下を徘徊するひかりの破片〉(「野良犬」)であることを自ら確認し、確認することによって自己を救済しようとする倒錯した方法をとる。そこを基軸に、自我は事象への外的投影に赴いて具体性を獲得して、それに向かいさまよい歩くことによって、生が希薄になることを極力斥けようとするのである。詩人の言葉が、カオスから自己を救済する一つの発動器となる瞬間である。

その時、各詩篇は吉増剛造の身体から発出する具体語が主役だ。観念語が三段論法とともにやってくることは決してない。虚と実のあわいで叫ぶ言葉群は、いつの時でも攻撃的であり、挑戦的であり、破壊的でさえある。だから、予期しないイメージが展開されもするのであろう。また、猥雑でもあり、ぬるぬるした生理そのものでもある。それら倦むことなく放射する言葉群は、自由からの行為によって送り出される。その意味では、無条件を意志する定言命法の語句を多用することには、直覚的な成果を予想させて首肯できる。

他者や諸々の事象に自己の多面的、直覚的な感情をぶっつけながらさまよい歩く吉増剛造の足跡には、求めるあるべき生が見えかくれする。当面の事象をかいくぐり、そのなかでの経験は無秩序で破壊的な力や想像力の形で現実を超え、混沌たる世界を宇宙化するとでも言おうか、もう一つの現実の予感を喚起させる。状況と対峙する吉増剛造の生の根底には、自我の関わりあいを内包しないものはない。それは非あるいは反現実への志向、日常性を丸抱えにしつつ日常性からの脱出の成果として現れる。

ここに至って、さまよい歩きは見慣れた世界から離れる単位として提示され、その方向性は、無限の闇に没し去らんとする恐怖につきあげられながら現実世界からの脱却を図る方に傾く。このとき傾斜し、形づくられるのは、存在の根所への志向である。その前に、まず離れることだ。

おまえは
オバケナス
や巨大なオッパイ
からどんどん離れる
離れるのだ
おまえは腐敗している
おまえは離れる
おまえの頭蓋に付着する思想
セロテープ状の思想
それから離れる

（「出発」部分）

〈オバケナス〉や〈巨大なオッパイ〉や〈腐敗している〉おまえや〈頭蓋に付着する思想〉や〈セロテープ状の思想〉から離れる、ということの時点で〈さまよい歩き〉と〈離れること〉は同体となって、次の場へ移り行く。その歩行は歩くために歩かないことであり、得ることよりも捨てることであり、産出よりも捨象であり、殺戮である。何も見ないことであり、酷薄に峻拒することであり、名付けないことである。無視であり、破格である。何をなすべきでないか。案外、この営みでない営みのなかに、眼前の世界との連関を断ち切り、水を差すことによって、新たな世界へ向かう構成の単位が秘匿されているのかもしれない。そして、存在の根所への道へ。

その時
どんな光が
おまえの胃壁を照らすだろう
どんな光が
どんな永遠が近づくくだろう
元素も細胞も無になったとき
おまえの存在する空間
そこには
どんな影が
怖れるな

おまえの場所を
おまえの魂のすみかを
おまえは空間に香気をみる
そして
愛の形をも見るだろう

（「出発」部分）

一切を無にしようとする意志行為や異化の方法から浮かび上がるのは、もう一つの内的な、時間的な現実であろう。始源的な現実と言ってもよい。いずれにせよ、吉増剛造の詩的営みは「多陀用幣流（ただよえる）国を修め理（つく）り固め成す」（『古事記祝詞』）神の原初的な行為にも似ている。出発にこだわる所以である。そして、現在の創造の意志に集約する。自己が自己自身を全的に経験するそのままの自己に出会うまで続くであろう。それ自体、魂を駆りたてる能動的な意味合いを内に含む。その時発する言葉は、あくまでも純粋に個人的な営みの所産であり、内実の記号である。何ものによっても束縛されない詩の立場を主張している。

状況が説明しがたい喪失を押しすすめ、事象が複雑雑多であればあるほど、吉増剛造の詩的営為は、さらなる創造の奇跡と結びつくに違いない。その果実は、未だ在らざるものの実存の統一体である。だから、逡巡もするのである。

そして疾走へ。やがて、さまよい歩きから疾走へ移っていく。「草原へゆこう」、『出発』の最後をこの詩篇で終わっていることに生の希望と拡大を期待させ、新たなる出発を思わせる。内的時間へ、個人的、主観的、内在的な時間への出発だ。ミンコフスキーの「生きられる時間」への出発だ。

すべてを愛そうとして壊滅する
日々の戦いの中で
おれの躍動への祈願は容易に腐落せず
感情の柱にそって芽をふき
きょうの宇宙の飢餓を悲しみ
ふたたび壊滅を孕んで船出する
羽根のはえた青い性の進撃
雛祭のにぎわい
おれのムシロ旗は
きょうの宇宙を誕生させる痛恨の狼煙
死んだ子馬の霊のように世界を駈けるか
世界はバラ色　なんで
絶望をたねに世界をゆすろうものか
男根は大蛇のように萎え
泥にまみれて

井戸端をのたうち
緑の門の前で優しく拒絶され
与えることの出来ぬ悲哀
愛と憎悪が肉の舟底で虚ろに燃え
片端の犬が平原をゆく

（「草原へゆこう」部分）

「草原へゆこう」、とにかく出発だ。何ものにも束縛されることなく、詩的自由への出発だ。あらゆる位相と、身体全体が遠近法的に関わる関係項として出発した詩集、それが処女詩集『出発』である。

吉増剛造については、その後、「詩学」にも書いている。タイトルは「津軽の吉増剛造」である。書き出しは、次のようになっている。

吉増剛造の詩との面会、それは氏の処女詩集『出発』が初顔合わせである。ふらりと入った本屋の片隅の本棚に置かれてあった。詩には殆んど興味はなかったのだが、それでも疲れている時に、なぜか詩を読む癖をもっていて、きょうはこれで済ませておこう、と買い求めたのが『出発』であったのだ。大学時代のことである。法学部に入学し、よって、法律書ばかり読んでいた、その反動であったのかもしれない。それより二年前、同じ思いで購入した詩集が八木忠栄の『きんにくの唄』であった。

一読、同世代の詩人の生まの告白には納得することばかり、いつのまにかぼくの身は、同時代に鋭く反応したことばたちの広がりゆく詩空間のなかにひきずりこまれていた。

それから数年後、ぼくは詩に没入し、その年月は現在まで続いている。

というものである。その後、吉増剛造との出会いがあり、その過程で弘前にも遊びに来るようになって、結果、「津軽の吉増剛造」ということである。「詩学」には他にも書いている。

この時の「詩学」の編集長は岡田幸文である。彼とは八王子の詩の催しで出会っていたのであった。のち、出版の「いちご舎」を起し、現在は「ミッドナイト・プレス」を立ち上げて、頑張っている（しかし、岡田幸文は２０１９年12月９日に急逝した）。

夫人の山本かずこも詩人である。処女詩集は１９８２年に刊行された『渡月橋まで』。これは「いちご舎」から発行され、贈呈された。さらに、この新装版が１９９４年に「ミッドナイト・プレス」から刊行された。それでは、『渡月橋まで』のなかから「再びコスモスの町から」をここに、引用しよう。

深刻ぶって空を見上げていると　別れた男が
やってきて　私のふとももあたりをいき
なり喰いちぎったりする　それを見ながら
男の母親がいうのだ「なんとてぬるい」

実は私もそう思う　と朽ちかけたふとももを
ひきずりながら走ってゆくのだけれど
男の母親は　私にだけは会いたくない
という　ここは晩秋のコスモスが咲き
乱れる　太平洋に面した東北の小さ
な町で　母親はコスモスの花のなか
かくれんぼ　に夢中になっている
のだった　鬼は私のようでもあるし
男のようでもあるが　男は私からは
見えないところで参加しているので
ゲームは一向に終わらないいまだ
待ちくたびれた母親が　コスモス
の花のあいだ　ひょいと顔を出すと
そこには嫁いだ日の　私の顔が
現われていたりする

吉本隆明は帯文で、次のようなことばを提示している。

「この優れた女流詩人は、まぎれもなく『若い現代詩』だ。『若い現代詩』もときとして怖ろしい『業』

の入墨を内股のあたりにチラチラさせることがある。それを垣間見たとき、わたしはこの詩人の思想をみたと思う。読者におかれてもまた。」と、喝破するのであった。

ここで佐藤文夫にもう一度戻ろう。前述したが、2002年8月に佐藤文夫と八木忠栄と三嶋典東の三人が弘前の我が家に泊まって、一週間ほど「津軽夏旅」をしたのであった。私の高校教員を定年退職した年の夏のことである。その行程のなかで北津軽の金木町を訪ね、太宰治の生家「斜陽館」や、その向かいの「津軽三味線会館」を見学した。この「津軽三味線会館」に佐藤文夫は殊に関心を持ったのは言うまでもない。というのは佐藤文夫は詩人であるとともに民謡研究家としても活動していることは、よく知られており、前述したとおりだ。ならば、金木町川倉の「川倉地蔵尊」と「賽の河原」を案内せん、と川倉に足を伸ばしたのであった。

私が生まれたのは西津軽、日本海西海岸の大間越であるが、この川倉の地は私の育った所であるのだ。それは父が青森林友から派遣されて白神山地（現在はユネスコ世界自然遺産）の整備の大将（？）となって、最初は弘前側の相馬地区に赴き、ここの担当区官舎を基点にして相馬地区と目屋地区の整備にあたって終えたのち、西津軽の日本海西海岸に移動したのであった。その最初の地が大間越であった。兄たちは既に、前の所で生まれていた。その後、岩崎村から深浦町へ。ここ深浦町で妹が生まれている。深浦を基点に深浦地区と鰺ヶ沢地区の整備に入って、完了したのち、太平洋戦争の戦後になるが、上北の野辺地町を経て、金木町川倉へ移り住んだのであった。ここには祖父と祖母が住んでおり、父はこれまでの営林署の役人を辞職して同居したので、私も川倉の住人となって、高校を卒業するまで川倉の人になったのである。

あらためて、「川倉地蔵尊」と「賽の河原」である。〈地蔵堂〉と結婚前に死去した若者を供養する〈人形堂〉が併設されている。その〈地蔵堂〉の後方、藤枝溜池に続く坂道が〈賽の河原〉である。両脇に幾層にも石が積まれて連続し、その間を真っ赤な風車が回っている。〈地蔵堂〉の右手の芝生が〈イタコマチ〉、旧暦の6月23日、24日の例大祭の日にイタコが集まって来て祈祷し、口寄せをする場所だ。やはり、例大祭の時に、近隣からやって来た老齢の人たちは〈イタコおろし〉を頼み、親族の霊との出会いに、しばし涙するのであった。おろしてもらう時には死者の命日を言うだけでいいのだ。それが女性であれば、〈はなこ〉を付け加えればいい。そして、終わって何がしかのおカネを払うという仕組みになっている。魂の浄化代か。

〈イタコマチ〉の右下の方に広い円型の芝生の窪地がある。ここは老若男女が唄い、主に〈どだればぢ（津軽甚句）〉を踊り明かす場所だ。一晩中、踊り明かすことによって、農村に在る人たちは日ごろの憾み辛み、それらの塊りの鬱憤を晴らし、洗い流しているのであろうか。

その右上の方は観覧席で、さながら円型劇場といった風を成している。この通り道のすぐ脇に津軽三味線に命をかけた有名無名の弾き手を供養した「津軽三味線塚」が建っている。この塚には「芸の鬼　奏でる絃魂　津軽三味」の文字が刻まれている。この場所に佐藤文夫を連れて来たかったのである。

弘前市の津軽民謡研究家の大條和雄が私の知り合いの郷土史家白川兼五郎と金木町教育長の中谷金四郎を動かして、建立したものである、とのちに川倉の住人中谷金四郎から聞いたのであった。

この円型の広い窪地は時には劇場にも早替わりする。だから、ここでは津軽三味線大会や津軽民謡の唄会が恒例で開かれていた。その歴史をたどると津軽三味線の始祖金木町神原の仁太坊に行き着く。仁太坊は8歳の時、天然痘で失明し、15歳の時、三味線弾きとなった。芸の鬼である仁太坊の三味線は津軽一円に知れ渡り、とりわけ多くの視力を失った少年の心を掴み、弟子入りをした。そして、彼らが津軽三味線の基礎を築き、広めていったのである。また、その弟子たちは聖なる霊場であり、金木文化発祥の地とも言われる川倉地蔵尊の例大祭等で披露し、広く認められて、独立していったのである。だから、この地が津軽三味線発祥の地である、と言われているのかもしれない。事実、「津軽三味線発祥の地」の石碑も建立されている。もちろん、仁太坊の生地である金木町神原に厳然とした「津軽三味線発祥」の地を印す仁太坊の石碑の存在を認めているのであるが。

この弟子たちのなかには南津軽荒田の善之介坊や長泥の長作坊や神様の尊称を与えられた津軽三味線の名手金木町不動林の白川軍八郎らが居た。視力を失い、眼の見えない弟子達も師匠と同じく、〝ボサマ（坊様）〟の三味線弾きとして生きるのであった。日常はやはり師匠と同じく、門付け芸人として暮らしを立てていたのである。彼らが〈ホイド〉と言われる所以である。米や物を貰って口凌ぎをしていたのである。言わゆる物乞いをする〝ほいと〟である。その合間に三味線の研鑽を積むのであった。

白川軍八郎のもとには、のちに歌謡界の大御所となる少年三橋美智也が弟子入りしたのであった。その証しに現在、「津軽三味線会館」に三橋美智也の遺品が保存、展示されている。また、後年、軍八郎と三橋が東京の日劇で津軽三味線のコンサートを開いている、その写真も残っている。

また、白川軍八郎については年に一度、川倉小学校の講堂で催される唄会に、祖母と一緒に行き、聴いていた。小学生のころの懐かしの人である。軍八郎には高橋竹山や木田林松栄も同行していた。唄い手は浅利みき、か。

なお、仁太坊の変わり種の弟子として、桃節で一世を風靡した金木町嘉瀬の津軽民謡の唄い手黒川桃太郎、通称嘉瀬の桃もいた。のちに、長部日出雄はこの人を主人公にして、「津軽じょんから節」「津軽世去れ節」を書き、『津軽世去れ節』で直木賞を受賞した。私もこの出版・刊行に関わった。

また、少年太宰治は「川倉地蔵尊」は「我が町の名物である」と高等小学校1年の時、作文に書き残している。私にとっても、未だ眼の中で濡れている場所である。

視力を失った三味線弾きにしても、そして三味線演奏の皆にとっても、ここでは何もかもが見えて、日常的に虐げられ、蔑まれることから解き放たれて、一個の人間存在として自己を確認しうる場所であったのかもしれない。きっと、川倉は彼らの存在が認知された場所であるに違いない。ここでは人は皆、赤児に戻っているのかもしれない。原初の存在に環流しているのかもしれない。

佐藤文夫は「津軽夏旅」で川倉を訪れた時、このことを見通した詩をのこしている。「川倉地蔵尊」という詩だ。「炎樹」42号から引く。

ここは津軽の賽の河原
ここは死者たちの眠るところではない
死者たちがよみがえるところだ
境内の片隅の赤い小さな風車が

いっせいにまわりはじめた
それは死者たちが
立ちあがったしるしだ
樹々は激しく揺れ
死者たちの息吹きが
冷たい霊気となって境内に充満している
本堂の天井から吊された　死者たちの
生前着ていた背広も派手やかな晴着も
思い思いに　ゆらゆらと揺れはじめた
水子となった赤子たちの泣き声が　本堂に
まるでお経のようにこだましはじめるのだ

藩政期の稀有な旅人である文人の菅江真澄も川倉を訪れて一泊している。そして、二百年前の菅江真澄の旅日記に従い、二百年後、安水稔和は東北、北海道を真澄とともに旅をしている。その途次、川倉にも立ち寄っている。そして、「川倉」という詩を書きのこしている。七章二百行余の長い詩篇だ。この詩は「現代詩手帖」１９７３年１月号に載った。部分であるが、次に「川倉」を紹介しよう。

2　地蔵堂内

蝋涙におおわれた
両の目蓋のした
焼けた眼窩に
とまったままの時間。
とまらない痛み。
目のなかに入れても
痛くない痛み。
おまえ。

これがおまえの歯ブラシ。
これがおまえの服。
これがおまえの弁当箱。
これがおまえの傘。
これがおまえの小刀。
これがおまえのビー玉。
これがおまえの独楽。
これがおまえの薬。
これがおまえの

といえても
これがおまえ
とはいえない
とは。
涙でも
蝋涙でも
埋めつくせぬ堂の内外。

4　地蔵堂裏
（前略）

女が
坐って語る。
いなくなったものになりかわって。
残されたもののために

そうではない。
坐って語っているあいだ
女はいない。

いなくなったものと
残されたものだけが
むかいあってそこにいる。
よくよくよんでくれた。れいをいう。
おまえがよんでくれねばたれがよんでくれようぞ。
よくよんでくれた。くりかえしくりかえしてれいをいう。
おもいかえせばなみだ。
なみだ。なみだ。なみだ。おっかけなみだ。
あのときああもしていれば。
あのときこうもしていれば。
いまとなってはせんないこと。
いまさらながらくやまれる。
このこころのこりのかずかず。
できることならつみあげて
そっくりそのままたにおとしたい。
そっくりそのままみずにしずめたい。
そろそろいかねばならぬゆえ。
どうかきをつけて。

四の日にちゅうい。
かみなりにちゅうい。
うおのほねにちゅうい。
正気にちゅうい。
くれぐれもちゅうい。
（後略）

と、〈地蔵堂内〉の光景と〈地蔵堂裏〉、つまり〈イタコマチ〉のイタコの口寄せの情景をみごとに、忠実に描写している詩篇と言える。イタコは死者の霊と親族の心境を媒介する霊媒者である。主に眼の見えない女性がその担い手である。なかには、〈オドゴイダコ〉なる男性や眼の見える健常の者もいるようだ。他に〈カミサマ〉と言われる〈ゴミソ〉まがいの者も。

元来、イタコは視力を失い、眼が見えなくなった少女が、初潮前に師匠に弟子入りし、修行をして、仏の道を極めて身上がりをして一人前、仏の使いであることが認められる、ということである。そして、過去・現在・未来を自由に行き来する。だから、川倉地蔵尊の開祖は慈覚大師であり、現在は金木町の曹洞宗雲祥寺が管理している。かつて、岡本太郎もこの地を訪れて、著書を1冊著わしている。

安水稔和は川倉を二度、訪れているのだが、その二度目の時、著書『菅江真澄と旅する』において、次のように書き記している。

「古い造りの小さな地蔵尊はがっしりとした広い本堂に建てかえられて、堂内には死者の遺品が整然と並べられている。（略）靴、ぞうり、わらじ、帽子、手拭い、足袋、靴下、帯、下着、上着、衣類など身につける一切。壁ぎわに並べ、鴨居に掛け、天井からぶら下げ。堂内後方、ご本尊のうしろに数えきれないほどの大小の地蔵が整然と階段状に並び立ち、こちらを見下ろしている。色とりどりの頭巾をかぶり、様々の衣を重ねて。」というものである。

〈津軽夏旅〉でここを訪れた佐藤文夫は同じ情景を眼にして言ったのであった。「私の遺品も、ここに納めてもらおうか。」と。

さらに、安水稔和はイタコの口寄せについても、次のように語っている。

「金木の町のはずれの川倉地蔵堂で一晩中、朝までイタコの口寄せを聞いた。二十数年前のことだ。『川倉』という七章二百行余の長い詩を書いた。」と。

この「川倉」はのちに安水稔和詩集『西馬音内』に集録され、刊行された。私は本詩集の贈呈にあずかった。氏との交わりの最初で、この交わりは現在まで続いている。といっても、一方的に世話になっているだけだ。礼状も出さず、不義理を繰り返している。今年も『地名抄』と『辿る―続地名抄』と、2冊の詩集の贈呈にあずかった。

そして、かく言う詩篇「川倉」は前述もしたが、「現代詩手帖」１９７3年1月号に載った。同じ号には中上哲夫も川崎洋も詩を寄せている。その川崎洋ともいつのころからか、親しく付き合っていた。それは川崎洋が方言詩や方言についての本を書き始めたころからか。私の手もとには今、それらの本が6冊ほど残っている。津軽弁についても渉猟するために、弘前にもよく足を運んでいて、そのころ知り合いになったのである。兄の泉谷明と岩崎守秀が一緒したこともある。よって、詩集やその他の本や自作詩朗読のＣＤ等も、数多く贈られたのであった。時には子らにと言って、鎌倉の鳩サブレーが届いたりもした。しかし、彼の処女詩集は眼にしたことはなかった。

他に、宗左近と山本太郎の詩も載っている。この二人は私の長兄の勤める大学の教授たちでもある。加えて文学研究と翻訳の粟津則雄の三人は長兄宅に来て、しばしば酒盛りをしていた。もちろん、粟津則雄も兄の同僚である。因みに、粟津則雄と宗左近は仏文学、山本太郎は独文学、そして、兄は英文学の教授であった。また、宗左近は縄文土器の研究者でもあり、ゆえに青森県西津軽木造の「亀ヶ岡遺跡」の調査に、よく足を運んでいた。

地蔵堂の後方は、言わゆる「賽の河原」である。その坂道から藤枝溜池へ降りていく道の両側には幾層にも積まれた石が連続して連らなり、その間をまっ赤な風車が回っている。魂の在り処を示して回っている。しかし、夜になると鬼がやって来て、その石を崩してしまうのだ、と子どものころ、聞かされたことがある。しかし、それでもまた、積みなおすのだ、とも聞いていた。崩されても、また積みなおす、その反復は人間の魂の執念であるか。悲しみにいっぱい涙した人間の性と意地はとてつもなく強いということだ。子どもにしても、未熟ながらも既に人格を備えた人間なのだ。人間としての自我や強さを保有する。その強さは鬼をも撃退する。それゆえか、川倉は極楽の浄土と言われているようだ。川倉より二年あとに開かれた恐山は地獄の川原と言われている。

今はここと対岸の芦野公園は吊り橋で結ばれている。芦野公園には太宰治の青銅の碑と太宰治の銅像があり、同じく金木町出身の吉幾三の石碑まである。そして、藤本義一書の津軽三味線碑もある。また、ここでは地吹雪体験ツアーが行われて、盛況のようだ。金木町は有数の地吹雪の平野で、雪は上から降るのではなく、横なぐりに吹雪いているのだ。あるいは、地面から吹き上げている。

また、１９８９年（平成元年）５月４日、「第一回津軽三味線全日本競技大会」が、ここ芦野公園で開催された。現在は場所を金木公民館に移して、「津軽三味線全日本金木大会」として５月４日、５日の両日、継続して開催されて、県内外、そして海外からも参加して、益々盛況のようだ。

芦野公園内に中学校があり、私はこの金木中学校で学んだ。兄たちも妹も。小学校は川倉小学校である。しかし、児童数が減少し、廃校になってしまった。その後、川倉小学校、蒔田小学校、金木小学校、嘉瀬小学校、喜良市小学校の町内５校が統合して、新制金木小学校になっている。その校歌の作詞をしたのは泉谷明である。この時、はじめて川倉小学校が無くなったことを知った。１９７７年に父と母は弘前の私と同居して、爾来、川倉に行くこともなくなっていたからである。

以前、私は「川倉地蔵尊」に向かって歩く詩を書いている。「地蔵堂へ」という詩だ。東北電力の広報誌「家庭と電気」の依頼を受けて書いたものだ。１９８１年12月号に載った。

今は亡き祖父の霊に会いに行ったのであった。祖父は１９６２年（昭和37年）８月７日の早朝、「あーッ」と叫んだまま突然死して、帰らぬ人となった。脳出血であった。夏休みで帰省し、隣の部屋で寝ていた私はびっくり仰天、悲しむ余裕すらなかった。健康そのものの祖父のあっけなくも、儚い死であった。何か、言いたいことはなかったのか。

それでは、詩を次に引こう。「地蔵堂へ」である。

畑を裂いた一本のくねくねの道は歩を運

ぶごとに土埃をあげ　足元に小さな渦を描き　からみつく　微風に払われ　からみつくことを諦めたそれは　置き去りにされ足跡を消し去る　猫背の歩幅を測ってみる
　血を滴らせ　生を噛み刻んだ記憶の故郷はどこだ　乾いて舞い　大気に濾過された白い呼びかけがこだまする　風が撫で　水平に流れて　かぼそい風紋が残る　死者の息づきの薄い風紋
　丹前の懐にすっぽり包み　ぬくもりを与えつづけた祖父を思う　澄みきった笑顔と快く翳る声の戯れ　闇が身を寄せ合い　風がぬくもる　ほとんど感じとれないほどの緩慢な出現　祖父よ　ぼくはここだ　確かに今　土埃のなかに足をうずめている　だからぼくはここだ　点在する記憶をかき集める　しかしここはどこ？　記憶を閉ざすかくし絵の風景　歩く　しかしぼくはどこ

にも行かない　消し去られた標識のなか
地蔵堂へ　しかしぼくはどこにも行かない
　薄い皮膜の間に祖父との好意ある隔たり
を残して歩く　地蔵堂へ　しかしぼくはど
こにも行かない　ここはどこ?

　なお、金木町は合併して、現在は五所川原市金木町（ちょう）である。また宗左近が足を運んだ木造町は同じく、つがる市木造となっている。

　かつて、私は現在住む弘前市栄町から川倉へ行き、同じ年（１９８６年）に他界した父と母を送った経過を、泉谷明の詩とともに書き記した詩論集を書き残している。『栄町から川倉へ』だ。副題は「泉谷明の詩を歩く」である。なお、我が家の菩提寺は金木町朝日山の浄土真宗金龍山南台寺である。今は泉谷明もここに眠っている。法名は至徳院釋明智。

　私は三人の旅に付き合い、行く先々で短歌を作って、それを私たちの「阿字」に発表した。その短歌を見た八木忠栄が、それを「ふらんす堂」に持ち込み、本にしてくれた。泉谷栄歌集『津軽夏旅』である。２００３年7月7日に発行された。装幀は三嶋典東がやってくれた。忘れられない思い出である。深謝だ。しかし、その三嶋典東も、もうこの世に居ない。

渉猟5　詩人たちが弘前の「デネガ」にやって来た

弘前に以前から、文化的な小振りのスペースを、の声がかなり多かった。その声が届いたのか、本人は楽しく飲める場所が欲しかっただけと言っているが、私が造ろうという人物が現われたのである。弘前市に住む医師でエッセイストの鳴海裕行である。それからまもなく着手し、古くからの知人ということで、計画の最初から私も参画した。二人三脚の発車である。

計画に丸一年、設立母体も津軽弁の「でねが」（〜でないか）、「ンでねが」（そうじゃないか）をもじって「デネガ企画」と名付けた。ドイツ語ではないかとか、いや、ギリシア語だと言う人もいたが、何ということはない、「デネガ」は津軽弁なのだ。そして、全容のスペースを「スペース・デネガ」と呼ぶことにした。

スペースの内訳は160席のスタジオと楽屋、美術展示のギャラリー、読書や美術書を中心としたライブラリー兼小ギャラリー、カルチャー教室を想定した講義室、パブレストラン、インド紅茶の喫茶室、そして事務室となっている。一部2階には3部屋、音響と照明とベッド備え付けの休憩室の3部屋を確保している。外の中庭は芝生で整備して、屋外の展示や諸種の催し物に使用できるようにする。また、ここを通って、屋内に舞台装置や展示物を搬入する。

そして数回、東京に出向き、参考になると思われる小劇場や各種スペース、ギャラリーの類を見て廻った。東京の世話人を快諾してくれた「はみだし劇場」（現「椿組」）の外波山文明を伴い、西武文化事業部には幾度も足を運んだ。ここには八木忠栄が勤めていたからである。「現代詩手帖」の編集長を辞して、ここで「スタジオ200」と「パルコ劇場」の支配人をしていたのである。八木忠栄の援助は堤清二を理事長とする「セゾン文化財団」の専務取締役になって以後も続いて、熱かった。

この時、「スタジオ２００」の高さ3段階の椅子がとても参考になり、帰りに外波山文明と知り合いの椅子のプロフェッショナル倉俣史郎のアトリエを訪問し、いろいろ助言をいただいた。「パルコ劇場」や「ジァンジァン」他の劇場や、「根津美術館」や「原美術館」や「西武美術館」も見て廻った。この時、「西武美術館」のキュレーター小池一子とも会って、貴重な話を聴くことができた。その後、弘前に来て、いろいろ助言してくれたのであった。のち、氏は武蔵野美術大学に教授として転出した。後年、畏友三嶋典東もこの大学の教授になった。また、美術については村居正之にも助けてもらった。なお、小池一子は現在、「十和田市現代美術館」の館長をして、青森県に住んでいる。（２０２０年3月、退職する）

そして、札幌のレンガのスペシャリスト上遠野建築事務所の手により１９８３年10月、レンガ造りの見事なスペースが完成した。予定よりも2ヵ月早い完成であった。そこで予定を繰りあげて、この年11月3日にオープンした。私はブレーンとして企画プロデューサーの役割を担うことになった。これは私が公務員であるので、服務規程なるものを考慮した鳴海裕行の愛ある措置であったと言えよう。事実、経営には関わらなかった。しかし、損得を抜きにして、やりたいものをやらせてくれた。

遊びと言われ、道楽とヤユされ、さらにはゲイジュツの分からない奴が何を、とバカにされながらもデネガは１９８３年11月3日に出発した。バカにする者どもは市内の大学のセンセイが多かった。しかし、催しには頻繁に来ていたよ。入場料を払うことなく、勝手に入りこんでいた。そして、ぬけぬけと飲み会にも参加していたよ。

出発は三上寛コケラ落としコンサートで始まった。高木恭造、泉谷明、岩崎守秀がゲストとして出演し、詩朗読を競演した。試行錯誤の始まりである。ギャラリーではハリー・キャラハン写真展で幕を開いた。この時、三上寛が「オレに東京の世話人をさせろ」と迫ったが、カネ目当てであることが見え見えで、はっきり断わった。私は彼の狡猾さに、もはや騙されない。既に外波山文明にお願いしているではないか。また、今回の三上寛の派遣も彼の指図であった。しかも、アンリの代役であった。

予想以上に順調に動いた。驚きであった。しかし、順調を喜んでいられないことが起った。鳴海裕行が急逝したのである。１９８４年9月3日のことである。享年51歳であった。

コケラ落としの後、外波山文明ひとり芝居「飛行船、とんだ」やロックコンサートや田中泯十舞塾パフォーマンス「感情」や中村ヨシミツ・魂の即興詩コンサートやデネガ企画プロデュース公演田中亜美ひとり芝居「心中志願」や福田豊土「朗読へのある試み」や坂田明トリオ・ジャズコンサートや橋本敏江琵琶平曲演奏会や山下洋輔ピアノ・ソロ・コンサートや寺山修司祭前夜祭や詩舞踏劇「アテルイ」や横笛・赤尾三千子の世界や子供バンドコンサートやヨネヤマママコ・マイム「道化の小道」や渡辺香津美ソロ・コンサートや友川かずきとピップエレキバンドコンサート（ゲスト・福島泰樹）や萩原葉子と重兼芳子・お話とダンスや三遊亭圓窓独演会など、いろいろ仕掛けていた最中のことであった。

そして、迎えた１９８４年11月3日は一周年企画を予定していた。鳴海裕行が熱に熱を入れた企画であり、心待ちにしていた企画であった。私に、白石かずこを呼べ、という強い要望もあった。主人の居ないまま、予定通り実施し、やり遂げることができた。

それは11月3日4日の一周年記念企画「詩に何ができるか——四人の詩人による実験」で要望の白

石かずこを始め、吉増剛造、泉谷明、八木忠栄の四氏の協力を得て、無事に、かつ派手派手にやって、形を成したのであった。さらに、経田佑介が当日、新潟から駆けつけてくれて、いろいろなシーンに参加してくれたのであった。よって、中味がさらに濃くなり、「四人による詩人の実験」が「五人による詩人の実験」と相なった。

既にこの時、翌年の11月3日に二周年記念も企画しており、こちらは「デネガ版詩塾」の謳い文句で、中上哲夫と吉原幸子を予定し、二年にわたり、熱く語ってもらおうということであった。

一周年記念の第一日目。泉谷明の詩朗読で始まる。泉谷明の朗読は激しく、怒髪天を衝く声の朗読であった。それは読むというより、もはや叫び、叫びの連弾であった。そう言えば、泉谷明の詩の底には怒りが流れているのであった。その怒りの塊がダマになって、外へ放出されるのである。

吉増剛造は秋田の自身で撮影したストーン・サークルのスライドを写しながらの朗読であった。だから、詩集『オシリス、石ノ神』を朗読する。囁くように朗読する、そのやり方は深く深く誘いこむ息の仕方で、人間の原始の生き方を示して圧巻であった。定評どおりの読みであった。そして、語りのなかで、詩に何ができるか？　を問うていた。これより前、私は吉増剛造の「『オシリス、石ノ神』を読む」のカセットテープの贈呈を受けていた。この伴奏は翠川敬基のチェロ協奏である。

三人目として登場した経田佑介は「愛の路上」と「津軽は雨、激しい魂でジャンプ」を朗読した。以前、弘前を訪ねて、泉谷明家を宿にして大いに飲み、大いに語りあった、その時のことを書いた詩であろう。これに哲人ヴィトゲンシュタインを絡ませた経田佑介独自の方法論の詩だ。朗読はおごそかで、あくまでも重厚な朗読であった。

第二日目である。八木忠栄の登場だ。用意した8ミリのフィルムを二本上映した。一本は「赤いハンカチ」というタイトルで、なかなかの傑作であった。それこそ、ハンカチが自由自在に動いて、これがとてつもなくエロティック、男女の交合を思わせて感心、驚嘆と喝采を集めていた。もう一本は思潮社・「現代詩手帖」の編集者と編集長時代に、詩人たちの表情を撮りまくったもの。43人の詩人たちがカメラを向けられた時の反応と動作がとても面白く、愉快でもあった。皆さん、少年少女の顔に戻っていた。そして、昨年の2019年、物故した詩人69人の姓名を折り込んだ折句で構成した詩集『やあ、詩人たち』を刊行したが、幅広い、熱き交流が浮かびあがる詩集で、私はこの時の8ミリのフィルムを想い起したのであった。

朗読は彼独特のゆったりしたスタイルで、なかなか聞かせるものであった。デネガで用意したピアノ伴奏者と息がぴったり合っていた。練習することもなく、双方、アドリブであるのだが、これがぴったり合うとはさすがである。

次に登場したのは白石かずこ。新しく刊行された詩集『太陽をすするものたち』から数篇朗読する。これまで数回聴いてきたが、今回も熱が伝わって、限りなく熱気のシャワーを受けた。自作詩を書いた巻き紙を読みながら舞台をおもむろに歩き、その足跡の広さとともに、時には激しく、時には繊細に朗読するのであった。体内のマグマが爆発して噴出する。声が燃えあがって、聴く者・観る者を巻き込み、生そのものが立ち上がる空間に、私たちを立ち会わせるのであった。そして、皆を共同正犯にしていくのであった。

菱沼氏と言ったか、連れてきた男性が吹くアボリジニの筒状の楽器の牛蛙の音が朗読によく合っていた。新鮮であった。オーストラリアの先住民アボリジニについて語った。白石にはそのアボリジニに知人がいて、弱く、差別されている彼らであるが、私たちと同様、人間であると説き、決して疎外してはならない、と語るのであった。

私はその時、最近読んだ『アボリジニの教え』という本を思い出していた。

「何万年も前から、我々アボリジニは自然とひとつになって生活してきた。空や風、木や花たちは、私たちの身体や心とつながっていた。やがて白人の文明に毒され、我々の生活は変わってきた。

しかし､心まで文明に奪われてしまうことは､我々にはあり得ないんだ。ブッシュウォークやメディテーション、歌や踊りの儀式によって、心を静める。そうすると、愛や平和を見出せるのだよ。誰かにひどく傷つけられたとき、その相手に愛を送るメディテーションをするんだよ。相手のためにね。傷つけられた相手に対して、自分が彼らを何らかの点で責めていないか、ありのままに受け入れているかを考えることも忘れてはならない。」というものだ。

そのあとは、この二日間の締めを飾って、座談会だ。舞台の上で、公開の座談会を観客に観てもらったのである。司会は経田佑介で、出演者は白石かずこと八木忠栄と泉谷明だ。その内容は、次のとおりだ。

1　白石かずこは初めての弘前のことについて。他の人たちは何度も来ている。
2　〈路上派〉の五人が、八王子の天野茂典宅で最初に出会った。
3　その時、泉谷明の酒乱を確認した。すごかった。驚いたよ。
4　白石かずこの酒について。

5　〈路上派〉について。

6　きょうの日中、泉谷栄と事務長の佐藤清が白石かずこを案内した弘前城公園の紅葉の美しさについて。その美しさに、白石かずこは驚嘆した。（ここで、総合司会者の私泉谷栄が割って入る。「公園を散策している時、若い女性たちから、『白石さーん、白石さーん』と声がかかりましたよ。そしたら白石さん、『私、若い女性向けの本、書いているからね』と言っていました。」）

7　その後、ホテル・ニューキャッスルで食べた刺身の盛り合わせのおいしかったことを白石かずこが。そして、ごはんをおかわりしたことなど。

8　詩人は教員の多いこと。

その後、打ち上げの飲み会へ移る。デネガ恒例の打ち上げだ。出る人と観る人が一緒になって宴会をやるのだ。飲み放題で、スペース内のパブ「サムスイング」で料理は用意して、既に準備完了。会費は毎度千円也。

経田佑介の音頭で始まり、午前1時にお開きとなった。ホテルに戻っても飲みは続き、経田と鈴木が寝たのは午前4時だという。

一周年記念には、新潟から経田佑介と一緒に福田万里子、館路子、高田一葉、鈴木良一、本田訓が駆けつけてくれた。また、群馬からは富沢智がやって来た。なお、高田、鈴木、本田、富沢とは私は既知の間柄であった。

富沢智はのちに「スペース・デネガ」に刺激されて、自身も「榛名まほろば」を創設したのであった。さらに、鈴木良一も新潟にシネマランド「ウィンド」を創った。また、この時、私も経田もともに文部省の研究員に指定され、二年間の実践と研究期間の最中であった。その研究成果のレポートを提出し、また文部省に赴いて報告し、発表もするのであった。さらに新たなカリキュラムに諸々の意見を申し述べたりしていた。このころ、ちょうど教育制度の過渡期であった。

なお、交通であるが、東京方面からは上野発奥羽本線の特急寝台「あけぼの」、新潟からは新潟始発の特急「いなほ」を利用したのだが、今はもう無い。いつのまにか廃止になったのである。日本海側の路線は極めて不便になっている現在である。これまで利用していた東京から弘前への直通の列車はすべて、消えて無くなった。

私は新潟の本田訓、鈴木良一、高田一葉の処女詩集を持っている。本稿の流れからして、この三人の処女詩集を新ためて読むことにする。まず、本田訓詩集『激しい空』から。そのなかの「ボクの気分の為のポエジー」をここに引用する。

あの時　玄関に立てられた
花輪の前
マーガレットが立っていた
ボクと同じ年の男が
ボクの恋人と同じ年の女を
刺した
その葬式

昨晩もやけに
タバコを吸いこんでいたボク

ワイセツな湿気で
気分が包まれている
ボクは
マーガレットを想っていたかった
競馬新聞を取り上げては
投げ
酒を飲んでは
詩論を吐き
散歩を始めては
帰宅を急ぎ
汗を流していた
せめて　その汗を
マーガレットのそばに
置いてみたかった

刺された彼女はいない
ボクの故国よ
君には
マーガレットはあったかい
そして君には
ワイセツな湿気は
なかったはずだ
ボクは刺したくない
このマーガレットを
君の国へ運ぶために
君の土に
ボクの汗を
埋めるために
けれどボクには
君への
海が
静かに
静かに

本田訓は詩人である前に音楽人であった。ギターを弾きながら自作の詩をうたう姿は幾度か、確認している。であるからか、詩もリズムに乗って快い。そしてモダンだ。〈あとがき〉でも、次のように語っている。

「僕は詩とのつきあいより、音楽とのつきあいの方が長い。そして、詩を書いたりするより、音楽と過ごしている時の方が楽しい。体、神経が最も素直になってくれる。ヒトのほとんどの部分が歪められている現在（いま）、音楽にうつつをぬかしながら生きていられる事を嬉しく思う。今迄どれくらいの数の曲を聞いたかと考える、が想像も出来ない。だがそれらの曲、又、曲を創った人が与えてくれたもの、自分が得たものは最後まで捨てられないものである。

本も何百冊か読んだ。読書家ではないが、普通の人並には読んできた。フォークナーの『八月の光』『サンクチュアリ』が一番好きな小説だった。コールドウェルの長編やP・K・ディック、啄木、乱歩も好きだった。」

本田訓は前述した八王子の詩の大会にも現われ、ポエトリー・リーディングの一翼を担った。この詩集はこの大会の直前、１９８１年7月30日に発行されたものである。また、弘前のデネガの詩会のあと、高田一葉と結婚したのであった。

次に鈴木良一の処女詩集『道標』だ。１９８２年の発行である。このなかから「見附」を、ここに。

まつわるものの
遠く旅立つ街々に
騎士たちが行進してゆく
驀し響くひづめは
黙示録の開示
蒼茫と明滅し青く深く
葬送を奏で
今日を明日を轢死させ
防禦の姿勢見附で
あふれみなぎる
狂想をぬぐい
語りかけ囁きかける
騎士よ
あなたたちは行手を
闇の所在を切り裂き
十字の紋章に結び
うねりゆれる揺籃期の
静夜を埋め

性交の緒口を支配して
durch-gehen　いくつの世界を
予兆のスクリーンに
映し出す
魔手であるのか

硬質で、かつ流麗、鈴木の理知をとおして見て、判断したその様相を描いた詩篇である。鈴木良一は大学ではドイツ文学を専攻した、その知の跡がこの詩でうかがわれる。durch-gehen　ドゥルヒ・ゲーエン、「通り抜ける」であるか。私は法学部であった。そして本学では独法、つまりドイツ法であったので、原書講読でドイツ語にはずいぶん苦しめられた。だから、ゼミでは哲学に逃げたのであったが、しかし、ゼミでもドイツ語の原書を読むことを余儀なくされたよ。逃げても勝ちとはいかなかった。逃げても負けであった。これが今も消えない、私の人生のかたちであるか。

それでは、本詩集についても、〈あとがき〉を読んでみよう。

「表現として詩に魅かれたのか、或いは〝わたしは何ものなのか〟という問いに取り憑かれて書き始めたのか、判然としない。作品のどれもが、郷土あるいは風土といった、生を受けた土地への相聞歌にきこえてくる。生を受けた地とわたしの関係の不器用さが見える。（中略）10年ちかく暮した東京から生を受けた地への移動の結果がわたしに強いた、予期以上の精神の動揺に求められる。『道標みちしるべ』とは、一時期愛読した安部公房の『終りし道の標べに』が心のどこかにあって標題とした。」鈴木良一は今、新潟県の詩史に取り組み、厖大な「道標」に挑んでいる最中で、私は喝采している。地味であるが大事な仕事である、と私は思っている。
もうひとり、高田一葉の処女詩集は1983年発行の『風の地平線』だ。そのなかから「海辺で」を引こう。

もう　空は
光を支えきれない
それを映して　海は
もっと穏やかになる

ただ　青い午後

無邪気な声が泡粒のように
駆けまわっている
疲れない連続
私をめぐって――
どこまでも近く
どこまでも遠く

やがて夕映に
埋もれてゆく風景は
眠りのような淋しさを
おきざりにする

高田一葉がかつて投稿していた新潟日報文芸欄の選者山本太郎は「処女詩集　風の地平線によせて」と題して、次のような献辞を寄せている。

「高田さんの作品にはじめて接したのは、多分六年前のことだ。処女詩集巻頭の『海辺で』がそれである。詩の中央部におかれた〝疲れない連続〟という一行が、それ以後の彼女のたゆみない仕事を象徴する。

心象的な『遠さ』と日常の『近さ』の間を揺曳しながら、詩の焦点を探るやり方は、高田さんの現在にもつながっている詩法のように思われるが、何よりも僕の心をとらえたのは、生きてあることへの実感の、率直な表向態度だと言えよう。」そして、高田一葉は小学校教員を退職した今も、個人詩誌「葉群」を発行して「生きてあること」を追求し、精力的に活動している。

１９８５年、そして、デネガは二年目に入った。企画も順調に進んだ。

武田和命ジャズ・コンサート、バロック演奏会、ファゴット演奏会、橋本敏江琵琶演奏会、渋谷聡コンサート（ゲスト――泉谷明・岩崎守秀・泉谷栄）、朗読―福田豊士イン・デネガ、奥成達の「ＢＵＳ」ジャム・セッション、マリリア・声と舞いパフォーマンス「大風」、寒川敏彦トリオ＋中村誠一、寺田沙舟・書パフォーマンス寺山修司を書く「書の宴」（演出・泉谷栄）、加古隆ピアノ・ソロ・コンサート、弘前劇場公演「ＡＮＡ」、友川かずきコンサート（出演―友川かずき、菊池雅志、石塚俊明、古家杏子）、ファゴットリサイタル、暗黒舞踏公演「日本の乳房」（演出＝土方巽、出演＝芦川洋子他）、牧良介のモノローグシアター「はいだんすいーく」、幻燈館弘前公演「トゥワイライト」、錦風流尺八演奏会、リコーダー・アンサンブル・ジョイントコンサート、「亜土」による詩朗読と書のパフォーマンス、劇団雪の会公演「雪・西風・浪つつみなぜか死に消ゆ――外ヶ浜さみだれ心中」、高木元輝トリオ・ジャズコンサート（高木元輝、鈴木栄次、石塚俊明）、佐々木隆フォークコンサートなどが続いた。そして、いのちが一つひとつ刻印されていった。その声は強度を増し、生の文脈を築く。

そして、迎えた1985年11月3日、二周年記念の日である。二周年記念として、前年の「詩に何ができるか――四人の詩人による実験」に連動させて、「デネガ版詩塾」と銘うって、中上哲夫と吉原幸子の詩朗読を既に企画していたのであった。予定どおり、実施することができた。

まず、中上哲夫の登場である。中上哲夫の詩朗読は大体ジャズメンとの競演が多く、それゆえに、ジャズの音に響鳴したリズム感で朗読する。だから、ジャズの演奏のない今回であっても、身体は既にジャズのリズムで響く、それを示す朗読であった。

中上哲夫は佐藤文夫や八木忠栄らとともに行う「ポエトリー・アット・ニュージャズ」を始めとしてジャズのミュージシャンたちと競演して、今日まで数多くの詩朗読をこなしてきている。だから、中上哲夫の身体にはジャズのリズムが染み渡り、その発露が今日も息づきとして発出して、表現を型どっているのに違いない。私には彼のまわりに沖至や翠川敬基や藤川義明らの演奏する姿が見える。

中上は、まさにジャズ・エイジなのだ。事実、彼は『ジャズ・エイジ』なる詩集も残している。そのなかで、「――なんでジャズなんかやるの――自由になれるからよ」という言表が認められて、納得する。

それから他に、1979年にアイオワ大学の国際創作プログラムに半年間、招かれているのだが、その時のアメリカの生活のスライドを映写して語った。これには1978年に吉原幸子も招かれている。それより前は白石かずこも参加しているのであった。そして、中上哲夫は『アイオワ物語』という1983年発行の詩集で、この時の収穫を残している。

そして、吉原幸子の登場。まず、ことばについて語った。そのなかで方言にも触れ、知っている津軽弁があると言う。それは「どさ?」「ゆさ。」であった。「どこへ行くのですか?」「はい、銭湯へ行きます。」これが津軽弁では、たったの二字で済むということを、面白可笑しく語って、拍手をうけていた。

次に詩朗読だ。硬質で理知的、それでいながら抒情に溢れ、内奥から滴る諸々の感情や情緒を独自に表現した、その詩を暗誦して発する声は滑舌がよく、あくまでもなめらかで清流の如く、透明なまま直かに訴えてきて、心に響く。とても心地よい。心打たれる瞬間だ。稀代のエンターティナーだ。立ち姿も美しい。こんな詩朗読もあったか。感心しきりの私であった。さすが、劇団「四季」に迎えられて、アヌイの「ユーリディス」で主役を演じた実績の人である、と感心して聴いたのであった。そして、今回のデネガ創立記念で白石かずこと吉原幸子と、評判の両人の詩朗読に立ち会えたことは、大きな収穫であった。

ここで蛇足を一つ。吉原幸子の生年月日は１９３２年６月28日。実は八木忠栄が生まれた月日も６月28日なのだ。吉原幸子と八木忠栄の誕生日が同じなのである。もちろん、八木忠栄の生まれた年はずっとあとで１９４１年だ。私と同じ年に生まれている。因みに私の誕生日は６月25日、八木忠栄より３日早く生まれた。

残念なことに、吉原幸子はデネガ出演の17年後の２００２年11月28日に他界した。享年70歳であったか。

以上をもって、二年間にわたる詩の行為をやり遂げることができた。鳴海裕行も楽しみにしていた企画なので、さぞ満足しているに違いない。感無量である。出演してくれた詩人の皆さんには感謝の念を言い尽くせないほどだ。

なお、この後、１９９０年２月19日に鳴海裕行の半生を描いた芝居「人生ふしあなすきま風」を私の作・演出で上演して、大盛況であった。鳴海裕行ゆかりの人たち多数に手伝ってもらった。

中上哲夫を通じて、私は八木幹夫と金井雄二を知った。中上哲夫は当時、相模原市に住んでいて、八木、金井の二人も相模原市の住人であった。彼ら二人は今も、相模原市に住んでいる。だが、中上哲夫は今、町田市の住人になっている。

まず、八木幹夫についてであるが、処女詩集は１９８３年発行の『さがみがわ』である。そのなかから「一人称のおもいで」を紹介しよう。

眼

鳥
あなた
そして
海
名詞を積木にして
あそぶ
はやり歌

どうせいうなら
何ということもない
水辺の
一艚の舟
きっと
帰ってくる
モア
ノア

文法の檻から飛びたつ愛

井坂洋子は八木幹夫の詩について、次のように語っている。

「八木幹夫の詩は、淡々と軽く書かれているがおもい。妻や子との生活に埋もれながら、底にしらじらとしたものがあって（あるいは子供のころに物置で発見した錆びた銃剣のような黒々とした塊があって）、時々顔を出す。一見日常をめぐっているように見えるが、観念の強度を感じさせられる詩だと思う。

各詩集を通して読むと、『私』から発して『私は』『私は』と我を張るところはなく、内省的であり、『私』は何者なのかということをさまざまな角度から照らしている。」と。

私もまったく同感だ。そのまなざしは愛情に溢れ、そこからは温もりと優しさが滲み出て、詩を形象化している。彼の詩表現の脊柱には身体がある。身体を通して伝わってくる詩情を認めることができる。忘れ去られた生の濃淡がいま、ここに甦ってくる。バスケットボールの選手として、そしてその指導者として熱く活躍した八木であるが、反面、冷静で、客観的な眼の持ち主でもあり、普通、見逃してしまう事象も見事に捉えて、差し出すのでもある。だから、明治学院大学の講師や愛知淑徳大学大学院の講師も務まったのであろう。英米文学を教授していた。因みに、中上哲夫も駒澤大学や鶴見大学の講師や教授を勤め、英米文学や翻訳術の講座を担った。同じころ、八木忠栄も青山学院大学の講師をしていた。

八木幹夫と初めて出会ったのは、２００４年に八木忠栄の11冊目の詩集『雲の縁側』が第二十二回現代詩花椿賞を受賞して、その授賞式の会場である東京銀座資生堂ビルのホールに於いてであった。八木忠栄が紹介してくれたのであった。「この人、私の兄さん」と冗談を言いながら紹介したのであった。私が白石かずこと話をしている時であった。お互いに著書をおくり合ったり、手紙を交換していたので、初対面の気がしなかった。

なお、八木忠栄はこのあと発行した詩集『雪、おんおん』が第三十三回現代詩人賞と第三十回詩歌文学館賞を受賞した。

そう言えば、八木幹夫はこれより前、1995年に5冊目の詩集『野菜畑のソクラテス』が第十三回現代詩花椿賞を受賞していたのであった。資生堂の広報誌「花椿」が八木幹夫からおくられてきて、このことを知らせてくれた。この誌上で発表されたのだった。同時に、芸術選奨文部大臣新人賞も受賞した。

八木忠栄の授賞式の日、金井雄二とも初めて会った。金井雄二の処女詩集は1993年発行の『動きはじめた小さな窓から』である。巻頭の「五月」を紹介しよう。

いつも空を指さしていた
空には形のよい雲が浮かび
誰かがその雲は幸福の雲だと呼ぶ
「触れるとシアワセになれる」という噂だった

五月になるとみな野球帽をかぶった
帽子のひさしには太陽がひっかかり

頭の上で時がとまり
いつもぼくらは永遠に遊んでいることができた

我を忘れて遊ぶこと
つまりそれは走り続けること
体と速度と脈拍は次第にあがっていった

雲はいつまでも成長する彼方にあり
我らの五月はみにくく積みかさなり
いつしか矢をひく弓のように重くなっていった

日常、見慣れた風景のなかから、身のまわりにあるものを、何でも題材にして、誰にでも分かる、分かりやすいことばで金井雄二は詩を紡ぐ。直観や観察力で見通して、自由に、世界をあるがままに引き受けようとしているのに違いない。そこには鋭い洞察力も認めることができる。これが金井雄二の詩の膂力であるか。稀代のワザ師と言えよう。処女詩集で福田正夫賞を受賞してのちも、横浜詩人会賞や丸山豊記念現代詩賞や丸山薫賞をたて続けに受賞していることからも、彼の力量を認め、納得している。

清水昶は本詩集の栞のなかで、金井雄二について、次のように語っている。

「ある日、ひょっこりと金井雄二が、ぼくが主宰している新宿の『詩塾』にまぎれこんできた。出会ってまだ間もないが好青年である。工業高校から大学の文学部に進んだという変わり種だ。卒論は宮沢賢治だったという。

今年で十年間『詩塾』を継続してきた。出入りの激しい『詩塾』で、いままで、すぐれた資質の可能性を秘めた詩人たちに出会ってきたが、金井君もそのひとりだと直観した。」

そして、この詩集『動きはじめた小さな窓から』は福田正夫賞を受賞したのであった。福田正夫と言えば、私の大学時代の哲学ゼミの恩師神川正彦教授の師であったことを今、思い出している。神川正彦先生は一高時代、福田正夫に詩を習いに行っていたのである。哲学者神川正彦先生の若きころの話として聞かされたことがあった。福田正夫とは哲学徒になってからもその関係は続き、よって、福田正夫賞にも晩年まで関わっていた。よく、そのことを伝える便りを私はいただいていたのであった。であるからか、神川正彦先生の一番最初の哲学書のタイトルは『哲学のポエティカ』である。だから、神川先生を「偲ぶ会」では福田美鈴と、このことなど親しく話をした。また、一緒に居た金子秀夫とも語り合った。さらに、以前から元気をくれている明治大学名誉教授の三宅正樹先生と再会できたのも嬉しかった。声をかけてくれたのであった。「偲ぶ会」の発起人の一人であった。もう一人の発起人、法政大学の牧野英二教授とも会った。久しぶりだった。

八木忠栄の式場で、もうひとり清水昶とも会った。二度目であるか。富沢智をとおして、私を呼びによこしたのであった。行ったら、別の部屋でケーキを食っていた。「どうしたの?」と言ったら、「酒はもう飲んでいないんだ」と言って、ニタッと笑った。「まさか」と思ったが、私は何も言わなかった。

相模原市の住人と言えば、もう一人いる。川端進だ。やはり、中上哲夫を通じて知り合いになった。その川端進の処女詩集は２００２年発行の『釣人知らず』である。詩集のタイトルからして、すぐ釣りの詩集とわかる。事実、それを裏切る詩集ではない。数々の釣果を書いている。そのなかの「釣果」を読んでみよう。

あゆつりが
あゆつりにきた
あゆつりにきたんだが
あゆつりをするのかしないのか
つりじたくはしたものの
竿はかたてに
たもは腰に
川原を
あっちに
こっちに
いったりきたり
きたりいったりして
あゆつりがあゆつりにあゆつりのはなしを

はなし
はなしまわり
ひがないちにち
はなしまわって
あゆつりは
とうとう
あゆつりしないで
あゆつりからあゆもらって
みちたりた顔で
どうもね
と手をふって
きたみちをきたとおりに
かえっていった
かえっていっただが
家にかえれば
あれも
釣果
に

なるんだね
きっと

と最後を読み終わって、思わず吹き出し、笑ってしまった。何とも可笑しい。そして、中上哲夫も言うように、こんなに詩を書くことを楽しんでいる詩人はめったにいない、ことに気づく瞬間でもある。錯綜し、過ぎゆく日常の時間のなかで、自分の居場所を愉快で、自由に確保している人物を他に、私は知らない。人間本来の生き方、そしていのちの在り様を、自らのことばで掘り起し、眼前提示していることに、ただただ感心する。

さらにある時、中上哲夫は川端進の詩について、真面目と冗談が混在している詩、と称した後、次のようにも語っている。

「詩は冗談のようなものだと言ったら、怒り出す者がいるかもしれない。ふざけるな、と。そういう固い頭の持ち主にこそ川端進の詩を読んでほしいと思うのだ。道具も使わず胡桃を頭で割るような者に。

思うに、どうもこの国では真面目がことのほか重視され、洒落や冗談は不真面目なものとして軽視され、場合によっては不謹慎だとして排斥されるきらいがあるようなのだ。詩や冗談を認めないような国は野蛮だといわれても仕方ないと思う。

真面目がいいというけれど、真面目はしばしば感覚や思考を硬直させ、自由な精神を殺すこともあるので、実はこわい存在なのだ。ほんとに。」と中上哲夫は語るのである。納得だ。

この言述をふまえて、新ためて先にあげた詩篇「釣果」を見てみると、とにもかくにも「こんなに詩を書くことを楽しんでいる詩人はめったにいないということ」（中上哲夫）を再確認する。

それより前、1971年と1972年に川端進は前述した「ポエトリー・アット・ニュージャズ」に参加し、天野茂典や諏訪優や佐藤文夫や白石かずこや中上哲夫や八木忠栄や三好豊一郎や赤木三郎や関根弘らと詩朗読をおこなっている。ジャズ演奏は翠川敬基や沖至や有田和朗や角張知敬や田中保積や吉田正たちである。

また、井川博年や佐藤文夫や辻征夫や中上哲夫や八木幹夫らと釣りを楽しんでもいた。そして、釣りの大会にも数々、参加したのであった。なお、八木幹夫は子どものころから父親の影響で、釣りを趣味としていたようだ。

その過程で川端進は釣りと詩の個人誌「釣果」を創刊した。20号まで続いたのであるが、寄稿者のなかに小池昌代もいた。もちろん佐藤文夫、中上哲夫、八木忠栄、八木幹夫、金井雄二、淵上熊太郎もいた。

その三年後、また新たに個人詩誌「リバーサイド」を創刊した。創刊号は今、ここにある。2008年12月1日の発行だ。伊東唯、中上哲夫、川端進の三人の詩が載っている。その後の寄稿者は北川朱実、中上哲夫、水野るり子、そして、ここにも小池昌代がいた。

私は小池昌代とも親しくしていた。処女詩集は1988年に発行した『水の町から歩きだして』である。処女詩集の始めからして巧みな詩人だ。そのなかから「はじまり」を紹介しよう。

地下鉄の階段を一段ずつのぼると
そとは　まぎれもない四月だった
視力が計れないほど微量に回復している

ハイヒールのつま先をまるくして
ことしも春があたたまった

信号を待っていると
つるんとした紺色の新入社員が
ぞろぞろと流れてくる
どのひともみんな
あごの骨の柔らかそうな顔
〈ちがうしつもんをしてみてよ〉
みどりと光がこまかくちぎれて
ちょうど　町が点描法で仕上っていたころのようだ

〈あなたのこえがすきです〉

きのう　突然　脈絡もなく
夢に現われた男は
先へいくほど尖った神経質な指をもってた

木のようなひとね

なぜだろう
かれにとらわれながら
一日をすごしてしまう

きっと
すきになり始めている

冷めた眼と情念的な体覚が織りなす小池昌代独自の世界は、既にこの処女詩集の時点から型どられており、小池昌代の本然とともに在り、切り離すことができない。彼女のなかには幾通りもの人生の箱があり、それを自身が放つ光をあててひきずりだして表現する。そして、豊かで自由な世界を紡ぎ出している。その世界はあくまでも広い。だから、守備範囲も広い。詩の他に小説、エッセイ、翻訳、立教大学特任教授と広い。

私は一度、招かれて代々木の小池宅を訪れたことがある。恩師神川正彦先生が2009年3月13日（金）に亡くなって、鎌倉の「偲ぶ会」に出席した。まずその前に神川家の菩提寺である円覚寺で墓参したあと、会場のやはり北鎌倉の日本料理「鉢の木」に向かったのだった。行きなれた場所だ。近くには駆け込み寺やあじさい寺もある。前述したが、会場では福田美鈴と親しく語り合い、後日、福田正夫詩の会誌「焔」が送られてきた。その日の帰りに小池宅に伺ったのである。だから、2009年8月2日のことである。代々木の駅までご主人の車で迎えに来てくれた。おだやかで、おとなしそうな彼女のパッチリした眼と口もとには笑みが溢れていた。ホッとした。家で待っていたのは、ひとり息子の壇くんであった。小学校の低学年だが、利発そうな少年で、母親の小池昌代似であった。その日は彼女とご主人、ふたりがかりの夕食の手料理をごちそうになった。図々しくもごはんのおかわりをしたのだった。

その後、ご主人の車で宿泊している新宿のホテルへ送ってもらった。その途次、女房小池昌代について、いろいろ語ってくれた。普通の奥様をしている小池昌代に、なぜかホッとした。

小池昌代は小説も書き、「タタド」で第三十三回川端康成文学賞を受賞している。詩においても、第3詩集『永遠に来ないバス』が現代詩花椿賞、第4詩集『もっとも官能的な部屋』が高見順賞、そしてエッセイ集『屋上への誘惑』が講談社エッセイ賞をそれぞれ受賞している。他に萩原朔太郎賞や小野十三郎賞も受賞している。そして、共同通信の流れ原稿であろうか、「東奥日報」夕刊に、毎週金曜日、昨年から今年にかけて、「股旅日記」という随想を連載して、読むことができたことがとても嬉しかった。小池昌代の生の一断面を楽しく味わうことができたのであった。息子の壇くんは、もう高校生になっていたのか。

賞で言えば、中上哲夫も詩集『エルヴィスが死んだ日の夜』が高見順賞と丸山豊記念現代詩賞、詩集『ジャズ・エイジ』が詩歌文学館賞を受賞している。因みに、泉谷明は詩集『濡れて路上いつまでもしぶき』で土井晩翠賞を受賞している。その後、これまでの活動に対して芸術文化奨励賞を受けている。この賞はのち、私も受賞した。私の初めての詩論集『闘い・状況・表現』で青森県文芸協会から文芸新人賞を受けてから、7年後の受賞であった。

中上哲夫の夫人佐野のり子も詩人であり、童話作家でもある。詩は主に少年詩を書いている。その処女詩集は1998年発行の『チボット村のチボさん』である。巻頭の「蓑虫の話」を、ここに引用しよう。

わたしは猫であるが
以前
蓑虫と暮らしていたことがある
風の吹く
ひと冬の話である
一本の木の下で

蓑虫がふしぎ……ふしぎといった
ふしぎ…だ…ね
風が吹くたびに
夜に
なっても
ゆれる蓑虫を見あげると
ふしぎ……と
わたしに話しかけていた
なにがふしぎなのか
春になって
蓑虫は蓑蛾になっていなくなった
長いふしぎであった
そういえば
わたしは猫に生まれる前は
あの蓑虫の母親だったような気がする
わたしは猫なのに
ふしぎだ

佐野のり子は童話を書いていた。しかし、ある日、詩を書いたと言って目を輝やかせて詩を読みはじめたという。それが佐野のり子の詩の始まりであり、詩人佐野のり子の誕生の起源である、と夫の中上哲夫は言う。本詩集の跋文「詩人の誕生」で、中上哲夫の言述は続く。

「六ヵ月以上に及ぶ、妻の熱病のごとき詩の生産ぶりは、実にすごかった。さっぱり詩の書けないわたしにとっては恐ろしい驚異以外の何物でもなかった。

最初はそれを祝福していたわたしも日を追うに従って、だんだん憂鬱になってきた。なにしろ、わたしの方は一ヵ月に一篇書くのに青息吐息だったのだから。六ヵ月間、一日一篇生まれるのだから季刊の同人誌「木偶」に発表するぐらいではとても間に合わない。そこでとうとう詩集を出すことになった。

突如、佐野のり子が書き出し、半年間書きつづけた詩篇には疲弊した現代詩には見られない生命の輝きのごときものがあると思う。そして、それこそがこの詩集の手柄だと思うのだ。あえて、詩集『チボット村のチボさん』を推奨する所以である。」

佐野のり子は今、我れらの詩誌「阿字」に定期的に書いている。同人ではないが、書いて協力してくれている。なお、その後刊行した『ミミズのバイオリン』で、第二十一回三越左千夫少年詩賞を受賞した。

詩誌「阿字」は私と岩崎守秀が始めた二人詩誌である。創刊が1977年6月15日、途中、編集人である私が7回も入院して病気がち、よって、発行が休み休みではあったが、それでも創刊以来43年を超えている。

ここいら辺で、岩崎守秀の１９８０年7月15日に発行した処女詩集『母よ　橋を渡れ』を取り上げようか。津軽書房主人の高橋彰一氏の手によって成った詩集である。そのなかから「生きるものへ」を紹介しよう。

さけた天空から
すべてをつき刺すように閃光が走る
触覚を失った生きものの群
地を腹ばい
這いずり
のたうち
嘔吐をくりかえし
はてしない逃亡の夢に
その身を捨てる
乱れる映像に刻んだ時の痛み
きりさく光線
ゆがんだ眼
不定のリズムに過去をさらして
いつわりの生に明日を追うのか

しつように迫る闇の中で
触覚を奪われ
血を流す生きるもの
見えぬ敵に挑み
敗北を重ねる変遷に
安楽はない
うつろな記憶が
くさりはじめた肉体をめぐる
混沌とした現実に漂う
まぼろしの花々に酔い
死の道にあえぐ
こごえた手をさしのべ
暗黒の道しるべを求めるものたち
ゆれ動く大地に歩を進め
おそれと不安の日々に耐えよ
閃光が走り
雲がさけ
旅は今はじまる

はりさける胸の鼓動を打ち鳴らし
おまえが生き続けるために
歩き続けよう

「生きるものへ」である。この詩篇が象徴する本詩集の持つ意味合いの広さと深さ、〈母〉の本源性、そして存在の根所への憧憬、そこに実在すると信じるあるべき生の像、たとえ幻像であっても架橋の営みを続けることによって、生きて在ることの実感を体得しようとする試み、岩崎守秀の生のあくなき追求を抽象して、実に象徴的な詩集である。

「本当に自分の内部から沸き上がる切実な叫びを言葉にし、表現すること。それが今の私に与えられた任務」と、当時、東奥日報紙上で発言しているが、その言葉をまさに本詩集は具現化したもの、と言えよう。さらに、同じ紙上で次のようにも言っている。「言葉は、その人間の生命力のほとばしりであり、存在そのものなのです。」と、言葉の本源的な意味合いを追求することからも、詩を始めたのである。

そのとおり、岩崎守秀のこの詩集は、端的に言えば、自分自身の生き方の模索や実存の把握のための苦闘が形象化したものではないか、私はそう思っている。岩崎は詩の出発にあたり、このように決意を述べるのであった。

だから、その苦闘は生きているかぎり続く。よって、呻吟も続く。だからこそ、書くのではないか。よって、生あるかぎり書きつづけようじゃないか。〈だから〉と〈よって〉が絡まって、生が前のめ

りになりながらも、生きることの探求は続く。その意志は次の詩篇「あつれき」が充分、伝えている
ものと思っている。やはり、処女詩集『母よ　橋を渡れ』のなかの一編だ。次に引こう。

わたしはこの家に長く居すぎたのか
朽ちはじめた屋根に雪は重く
煤を吹き出した古時計は
とざすまぶたにのしかかる
はらいのける獲物もなく
影絵のかすかな動き身をあわせる
円筒になりきったこの場所に
ふさわしくないデッサンを持ち出し
ひからびた使命をふりかざしても
つづら折りの終着点を
おり返すことはできない

吊された思い出よ
黒光りする梁にまといつくな
ふかぶかとさし入る陽に

身を捨てて行く夏の虫を思えば
しらじらとくり返す男と女の営みは軽い
ペガサスは飛び去った
燃える火は帰る場所を失い
天井から降りそそぐ
夜の異臭ただよう窓辺で
ふるえる過去を見つめるのはよそう

うなりを上げて家は白昼に倒れる
ひわいな夢の逃亡
乱れる火園
激しい痛みがはしり
たえ間ない横揺れのする午後
わたしはつまずき
こぼれる怨念の首飾りを手に
さめる肉のうずきが地中に流れる不安の中で
無明のきずなにナイフをつきたてる
肥大した恥部を巻くしなやかな縄と

毛髪のようにもつれる忍従の業を払い
通り抜ける命に心をきしらせ
家を捨てる

（中略）

詩のもつところの本然、そして生きられる時間と空間を創出しようとする姿勢がここにも読みとれる。己れの息を吹き込ませ、如何にして肉化していくか。その指標として、ここにメルロ・ポンティを連れ出そうか。『知覚の現象学』のなかから、次を引こう。
「対象の統一性を身体的経験の媒介なしには捉えることはできない。……或る概念の指標であるまえに、それはまず私の身体を捉える一つの出来事であり、私の身体のその働きかけがその言葉とかかわりあう意味の区域を制定するのだ」という認識をこの際、詩的営為の前提に置いてみてはどうか。「家を捨てる」。そのためにはまず、疲弊した過去から捨て去ることから始めねばならない。その覚悟のもとに、岩崎守秀の詩は出発している。だから、呻吟するのでもある。岩崎守秀の創作の初めには呻吟が在る。行間からは鎮魂歌が聞こえてくる所以である。

残された生は少ないとわかりながらも、挑みつづけねばならないのだ。よって、「阿字」も続く。素人が二人で何をするのか、と揶揄された「阿字」だが、それでも40数年続き、現在進行形の途上にある。生き難い現代社会であるから、だからこそ、この詩的営為は生の終焉まで続く。私たちの生は、たっぷりたっぷん濡れている。

昨2019年、畏友の哲人牧野英二の編・著書『哲学の変換と知の越境』が刊行された。副題は「伝統的思考法を問い直すための手引き」とあるように、要は「別の仕方で考えるために」打ち出した数々の論考集である。

「伝統的な哲学と知の営みが現実に追いつけない」でいる現状はなぜなのか、を問うて、実に刺激的な本である。

そもそも哲学は、まず「驚きの声」（voice）に耳を傾けてきたはずなのだが、しかし、哲学は「他者の声」を聴きとり、「うめき声」や「沈黙の声」に充分に耳を傾けてきただろうか、という疑問を投げかけ、哲学の初め、始まり、物事の初め、始まりからあらためて問い直すことを発している。そこから人間の生をあらためて問い直し、よって、生には生き物としての生命（ゾーエー）と善き生き方としての生（ビオス）の二重の意味があることを確認、再度、認識するのであった。哲学はあくまでも、生を尊重する学問である、ということをだ。だから、理性的に考えることを自明の理としてきたのではなかったか。それが、いつのまにか崩れていったことが、哲学の不幸であった。よって、ここでもう一度、嚆矢に戻って、考えてみようというのが本書の目指すところであろう。

牧野英二は過去と未来との間に生きる人間に望ましい在り方を求めて、知の越境の試みを、牧野の提唱する「持続可能性の哲学」の立場から展開するのである。この試みは「言語と他者理解の限界」に迫る営みでもある。

そして、牧野は東日本大震災の直後、被災地に入り、現在もその活動を続けている。支援と救済を続けると同時に、被災者の生まの声、真実の声を掬い上げるとともに、従来の哲学とは異質な「持続可能性の哲学」の立場から「自然災害における暴力と悪」、「赦し」に焦点を絞って考察をしている。その際、伝統的な時間観の変換を求める。未来の「出来事の予測不可能性」と過去の「時間の不可逆性」に着目して、過去と未来との間に生きる人間に望ましいあり方を求めて、知の越境の試みが直面する「限界への問い」の意味を明らかにしようとしているのである。

「復興五輪」を謳い、高らかに喧伝するも、表層的な似非の祭りであることが見え見えである現状のあり様と、何という違いであることか。祭りのあとは単なる「あとの祭り」として悔いが残るだけだ。何と白々しいことか。今回の東京の五輪は「復興五輪」というものの、その恵みは東京に集中し、東日本大震災の被災地には何の恩恵もない。被災地を単なる植民地にしてはいけない。一過性の祭りに復興という名目を利用しただけではないか。この策略は次にも。春の通常国会召集日の施政方針演説で、「桜を見る会」や「賭博場等施設の汚職事件」や「公選法違反」の問題等を、総理はオリンピック、パラリンピックを連発して、この名辞を煙幕に押し隠し、先送りにしてしまった。何という策士か。

これと同様、被災した人々の土地への思いと強い愛郷心が見えてこなくて、中身がスカスカだ。よって、実像は外に追いやられ、なんとなく空虚な感じが漂うばかりだ。復興という文言が解体にさえ見えてくる。総理が選挙演説の最初に、被災地を選ぶなどはわざとらしく、実に滑稽で、嘘っぽい。三文役者にさえ映る。

かく言う私は、詩も哲学、生の哲学である、と捉えている。だから、本書『哲学の変換と知の越境』を、ここに提示したのである。

さらに、牧野英二について特筆すべきは、「法政大学牧野奨学金」を創設し、文学部6学科の該当する学生を対象に、毎年、給付していることである。2015年度に創設し、今年で五年になる。

本奨学金の原資は氏の在職中の給与や退職金の一部に加えて、自宅住居や土地など全財産を法政大学に寄贈することによって制度化されている。しからば、これを創設した主旨を、近著『思いを言葉にのせて』のなかで、次のように語っている。

「私は日本育英会から奨学金を貸与されて、大学院博士課程まで進学することができ、その結果、運よく現職に就くことができました。当時の制度では、一定期間内に学校や大学の教職に就くことによって、貸与された奨学金全額の返還が免除されました。

そこで、多くの人々からの恩恵に報いるために、『恩返し』の意味で、『恩送り』として『法政大学牧野奨学金』を創設したのでした。さらに、私たち夫婦は子どもを一人育てる気持ちで、この制度を創設しました。

そこで、学生の皆さんにはこの奨学金を活用して、無事に大学を卒業していただき、社会人として充実した人生を過ごしていただきたい、心より願っています。」と語るのであった。

この制度は2019年3月、法政大学を退官した後も続く。さらに、死後も続く。

牧野英二は東日本大震災での活動も同様、人間の側から、弱者とともに、同じ目線と立場で行動し、実践する。

また、詩人の芦田みゆきは最初、牧野英二らの法政大学哲学科の秘書をしていたのである。現在は詩誌「歴程」の編集人であるが、その前のことである。このことは、同じ大学で英文学の教授をしていた長兄から聞いて、知った。私はその当時、付き合っていたのだが、法政大学に居ることは知らなかった。芦田は私の存在を牧野から聞いて、長兄の教授室を訪ねるようになった、のだという。いかに知り合いであっても、何をしている人なのか、その仕事柄までは今でも知らないことの方が私には多い。

知り合った当時、芦田みゆきは詩誌「00」を主宰して発行しており、私と岩崎の二人詩誌「阿字」と交流があったのである。詩誌「00」は理知的で硬質、品性さえ漂う、なかなかの優れものであった。誌名の「00」が既に、そのことを表わしている詩誌であった。

また、最初、詩誌「00」を手にした時、みずみずしい清流の透明感があって、新鮮であった。大学は芸術学部の油絵科の出身であることを、のちに聞いた。

母親の芦田麻衣子も詩人である。というより、芦田みゆきは母親の芦田麻衣子の影響により詩作をするようになった、と言った方が当たっているのかもしれない。

芦田麻衣子は後年、俳句にも挑戦し、その果実を自身の個人誌「風幡」にエッセイとともに発表し、近年まで続けていた。

芦田麻衣子の活動範囲は広く、寺山修司とも知り合いであり、それゆえ、芦田みゆきは寺山の天井桟敷公演に行ったり、2冊目の詩集『オレンジはおいしいかい』を贈ったり、それらがきっかけで、芦田みゆきは寺山と「電話友だち」になっていくのであった。芦田みゆきは結局、18歳から22歳まで、寺山の晩年の4年間、寺山の「電話友だち」として役目を果たしたのであった。

のちに寺山修司の死後、芦田みゆきは同人詩誌「カサブランカ」を主宰、発行し、寺山から届いたニュースレターなる手紙を全て、発表し、公開したのであった。

と、母親の芦田麻衣子は「風幡」14号で語るのであった。芦田みゆきの知られざる逸話である。

渉猟6　再び〈路上派〉の詩人たち、そして川崎洋と

結びに吉増剛造と、ここで再び〈路上派〉の詩人たちを論じて締めくくろう。

吉増剛造は１９６０年代、１９７０年代を咆哮し、先頭を疾走した詩人である。明らかにギンズバーグらのビートニクの洗礼を受けて登場した。かと言っても、咆哮の対象がギンズバーグと違って明確ではない。総括的な事象への叫びであるのに違いない。しかし、いずれにせよ、その総体的な感情のうけつぎ方はビートニクのものであった。そして、１９６０年代に出発し、瞬発力のある詩人として出現し、非凡に輝いたのであった。

吉増剛造の詩人としての出発は、１９６４年1月20日発行の処女詩集『出発』（新芸術社刊）から始まる。いま、ここにある。本詩集は八木忠栄の編集により、また、彼の導きによって成ったものである。

タイトル詩の「出発」の前段を紹介しよう。何げない日常のなかに潜む猥雑さを引き立たせ、さらに引っ掻き回して日常性の秩序を乱して、混乱させることから出発している詩篇である。そして、新たなるエロスの出現を目論むのであった。

現在、読むとすると１９７１年発行の現代詩文庫41の『吉増剛造詩集』しかない。

ジーナ・ロロブリジタと結婚する夢は消えた
彼女はインポをきらうだろう
乾いた空
緑の海に

丸太を浮べて
G・Iブルースをうたうおとこ
ショーペンハウエルの黄色いたんぼ
に一休宗純の孤独の影をみるおとこ
ジッタカジッタカ鳴っている東京のゴミ箱よ
赤と白の玉の中に財布を見る緑の服の男たちよ
ピアノピアノピアノピアノ
雑草のように巨大な音響よ
雑草のように微小な人間の姿よ

おまえは頭蓋の巨大な人間
おまえはカタワ
ヌルヌルした地球
そんな球体の上で
おまえは腐ったタマゴ
銀河系宇宙の便所の中で
おまえは腐敗している
都会のカタスミで

おまえは腐敗している
母親は桃色のシーツをたたむ
おまえは腐敗している
頭脳のカタスミで宇宙がチカチカしている
おまえは腐敗している
無生物の悲嘆の回復
宇宙は女ギツネの肛門にある
肛門の中に
ポツンと地球がある
腐敗したおとこよ
さあスコップをもって
ヒップの恋人を
山田寺の仏頭を
日本銀行を
熱海の海を
ディラン・トーマスを
コンクリートでかためるのだ
おまえは腐敗している

宇宙的な壮大と微小を並置することによって、この時代の卑小さを一層、際立たせて、周囲からはっきり区別されて目立つ同時代人の、やはり卑小さに目を向けさせて、リフレーンで叩きつけるのである。「おまえは腐敗している」と。

これが1970年発行の第2詩集『黄金詩篇』になると時代にどっぷり、尖鋭渦巻くアジテーションの声が高らかに唸り出している。60年代に書いた詩を集約した詩集である。吉増剛造は60年代という時代を顕現した詩人であることは明らかで、ある時期、〝シャーマン吉増〟と揶揄されたこともあるが、私の眼にはいつまでも、60年代の詩人というイメージが、今も残っている。それだけ、強烈な出現であった。

それでは、『黄金詩篇』のなかから「朝狂って」を次に紹介する。

ぼくは詩を書く
第一行目を書く
彫刻刀が、朝狂って、立ち上がる
それがぼくの正義だ！

朝焼けや乳房が美しいとはかぎらない
美が第一とはかぎらない
全音楽はウソッぱちだ！

ああ　なによりも、花という、花を閉鎖して、転落する
　ことだ！

一九六六年九月二十四日朝
ぼくは親しい友人に手紙を書いた
原罪について
完全犯罪と知識の絶滅法について

アア　コレワ
なんという、薄紅色の掌にころがる水滴
珈琲皿に映ル乳房ヨ！
転落デキナイヨー！
剣の上をツツッと走ったが、消えないぞ世界！

ここで初めて感嘆符を多用している。ビートニクの常套手段だ。この常套手段を多用することによって、時代の陳腐さを痛烈に批判し、蹴散らかす方法をとっているか。

次に、タイトル詩になった「黄金詩篇」も、ここに引こう。アジテーションをさらに、高らかに打ち鳴らして、人間の感情を揺さぶる。平手打ちが立ち上がっている。思惟を同心円にして、自我が爆

裂する。

ブルー・ライト・横浜、黄金橋
ブルー・ライト・横浜、黄金橋
空、不吉な卒塔婆
空、黄金橋
虹の曲線、黄金橋、海一滴！
思惟を渡る黄金橋
死を殺人が平手打つ！
沈黙、立ちあがる死体
空に言語打ちこむ、立ちあがる死体
疾風、金貨、黄金橋
夕焼、バタッと倒れ、少年あらわれる黄金橋
眼を素足で渡る
夢の夢の黄金橋
かつて立証されたことのない　死を死ぬ、黄金の洗面器
自我（ぼく）を殺害する
自我（ぼく）を殺害するために風景に存在しはじめる

空、黄金橋
木乃伊の眼から彼岸にのびる黄金橋
黄金橋は巨女憧憬、巨女憧憬、脚が腐っている！
燃える赤線地帯、蜘蛛（スパイダー）！
米国、理想郷（アルカディア）
米国、理想郷（アルカディア）
赤児、アウシュビッツ
さらに真赤な息、息、息
疾走する漆黒の純白
おれは星星を締め殺して乳房となった

吉増剛造は慶応大学を卒業しているので、1、2年次は横浜の日吉で学び、横浜は馴染みの土地であるのは言うまでもない。そして、東横線で終点の桜木町駅には一直線、この詩の黄金町は近い。私も青年期の60年代を横浜の條原町で過ごした。因みに、最寄りの駅は東横線の妙蓮寺だ。そのために、横浜市黄金町には2、3度行ったことがある。ここは終戦後、赤線地帯として栄え、米国の軍人も多く足を踏み入れた場所としても知られる。その猥雑で、原色の飛び交う街を、いしだあゆみの「ブルー・ライト・横浜」の曲に乗せて鳴りわたらせているのが、この詩であろうか。

吉増剛造の生まれ育ったのは東京都福生市、米軍基地の街である。言うならば、日米混淆の土地柄だ。よって、黄金町と重ね焼きになっているのかもしれない。そして、心のなかでは時代の抱える不条理や矛盾が渦巻いているか。本来、そこにあるべきでないものが入り混じっている風景が、みごとに表現されている。

横浜から私は、横須賀港に米軍の原子力潜水艦入港反対のデモに行ったことを今、思い出している。石を投げる者も数多く居た。しかし、米兵たちは艦上でニヤニヤした顔で、私たちを眺めていたよ。それを眼にして無力感を覚えるも、益々腹が立った記憶が残っている。

それより前、私は１９６０年、安保条約改定反対のデモにも参加した。岸信介内閣の政府、自民党が衆議院で新日米安保条約承認案、つまり、安保条約改定の単独採決に踏み切ったのは１９６０年5月19日であった。岸首相は目的を達したのである。しかし、社会党や共産党など反対する野党陣営からは厳しい批判を招き、野党のほか前首相の石橋湛山や河野一郎、松村謙三、三木武夫ら自民党の重鎮議員は共に退席したり、欠席したりしたのであった。この時代は保守自民党内でも、このように〝否〟を堂々と唱える者が居たのである。しかし、近年はどうなっているのか、各人、口を閉ざして何も語らないのが現状のようだ。まるで死人、死人が雁首をそろえているか。

言うまでもなく、岸首相はアベ総理の祖父である。それ以降、承認案が自然承認されるまでの1ヵ月間、安保反対闘争は一挙に高揚した。そして、反―岸の渦のうねりが高まるなか、岸首相は自衛隊の出動を要請したことを後年、知った。当時、防衛庁長官であった赤城宗徳の回想録(『あの日その時』)にその証しが残っている。しかし、もちろん赤城はこのことを拒否した。岸はあくまでも強権政治を強行する首相であった。樺美智子は「岸は犯罪的ね」と言ったそうだ。アベ総理を見ていると、この岸首相の強権政治と実によく似ており、瓜二つに映る。

そして、現在はアベ政権下、アベ一強に迎合し、保身を図る態度が広がって、事なかれ主義が横行し、意見を言わない事大主義の風潮が蔓延しているようだ。岸首相の強権政治の亡霊が未だ続いている。であるからか、保身や忖度の傾向が一層膨らんでいる。そして、官僚たちも良心を捨て去り、モラルを破壊して、嘘やごまかしに加担している。総理への援護射撃の連発で、今や、官僚たちは政権のためだけの公務員になりさがり、全体の奉仕者ではなくなっており、吏道を汚して、平気で法を逸脱している現在である。国会議員も含めて、その劣化ぶりは顕著だ。予測したとおり、その蓋然性の度合いが大きく、おぞましい世の中になってしまった。そのなかで、桜を見る会や森友加計問題の説明責任を果たしていない総理の逃げと隠蔽の手法や、そして、佐藤文夫が喝破し、看破する、これも総理の「詭弁や捏造や妄言や虚言」やが他にも蔓延し、横行している。そして今、官僚たちは自分の息子や娘に何を語るのか。あるいは、何を語っているのか。堂々と正義を語ることができるのか。尊大さだけが目立つ。時間が綻びる一方だ。末法の世がすぐそこだ。

さらに、岸首相が掲げた「憲法改正」は現在も引きずっている。

そして6月15日、全学連が国会に突入し、東大生樺美智子が死亡した。その後6月19日、新日米安保条約が自然承認。6月23日、日米が新条約批准書を交換し、発効する。この新条約の承認を見届けた上で、岸首相は退陣した。それより前、岸首相は怒る反―岸の暴漢に刺されて、大ケガを負う、というニュースが流れていた。

死亡した樺美智子の遺稿が１９６０年の秋に、三一書房から出版された。『人しれず微笑まん　樺美智子遺稿集』である。これはベストセラーになった。もちろん、私も読んだ。

樺美智子は東大に入学後、学生運動に没頭し、20歳の時に共産党に入党している。その後、新左翼の共産主義者同盟、つまりブントに参加して、活動した。評論家の柄谷行人もブントであった、と記憶している。しかし、経済を学ぶも、英文学者も目指しており、私の長兄の姿を追っていた。同じく評論家の篠原浩一郎は社会主義学生同盟（社学同）であったか。この時の全学連委員長は唐牛健太郎であった。また、樺美智子の父親樺俊雄は社会学者で、大学教授であった。私はその著作を2冊ほど読んでいる。

思い出しても、切ない時期であった。けれど、生き生きしていた時でもあった。闘う対象が眼に見えて明確で、ひたすらそれに向けて、挑みつづける日々であった。アンニュイなど、みじんもなかった。それほど闘争を続けて、目的を達成したのか、と問われると、それはNOと答えるしかないであろう。何も変わっていない、と。しかし、これが私たちの、私の青春であったのだ、と答えることはできるであろうか。

そして6月18日、東大で樺美智子の「合同慰霊祭」が執り行われ、その後、参加者は巨大な遺影を掲げて、国会まで「喪章デモ」をおこなった。50万人参加したとも言われる。墓は多摩霊園にあり、今でも命日にはバラが供えられている、という。

それでは、遺稿集のなかの詩篇「最後に」を紹介しよう。

誰かが私を笑っている

こっちでも向こうでも
私をあざ笑っている
でもかまわないさ
私は自分の道を行く

笑っている連中でもやはり
各々の道を行くだろう
よく云うじゃないか
「最後に笑うものが
　最もよく笑うものだ」と
でも私は
いつまでも　笑わないだろう
いつまでも　笑えないだろう
それでいいのだ

ただ許されるものなら
最後に
人知れずほほえみたいものだ

新日米安保条約の反対デモが行われるなか、承認され、これによって中央集権体制がさらに強化することになり、経済面においても高度経済成長期に入っていった。

２０２０年の今年は日米安保60年の年、式典で、これは「希望の同盟」と宣う総理の発言に、私は違和感を覚えた。悪夢のうちに強行された、言わば絶望でしかなかったからだ。自衛隊と米軍の過度な一体化が進んだだけではないか。岸首相の孫という出自ゆえ、何の苦労もなく成り上がったアベ総理の根拠のない自信過剰ぶりと尊大さが目立つ式典であった。むしろ、戦争のリスクが深まっていることを懸念する。

そして、吉増剛造はこの後も職に就くことがなかった。一時、大学の臨時講師を経験しているが、実情は無職で通した。

しかし、同時代の〈路上派〉の詩人たちは各自、職を持っていた。つまり、月給取りとして働いていたのである。泉谷明、経田佑介、天野茂典は教員、中上哲夫はコピーライターとして広告プロダクション勤め、八木忠栄は編集者として出版社勤めの違いはあるものの、二人とも会社員として働いた。なお、中上哲夫が働く広告プロダクションには、直井和夫もデザインを担当するイラストレーターとして共に働いていた。

このことによって、〈路上派〉の詩人たちには社会とのつながりの意識が鮮明に存在したのではないか。職場が社会との具体的な媒介であった、と言える。ここにおいて辛さ、切なさ、そして喜びも味わい、勤め人のいろいろな感情と出会うのである。ジル・ドゥルーズの言う「生理的な痛みの感情」を体覚するのである。よって、怒りや疑問をぶつけるべき確固たる対象が眼前に、日常的に存在したのだ。職員との社会性や上司との軋轢も経験し、残渣として残っている。そして、攻撃する対象も明確にすることができる。だからこそ、弱い立場にある者たちへの理解を示すこともできる。だからこそ、人間の弱い部位を共有することもできるのではあるまいか。

同じビートニクの影響を受けた両者であるが、この点で吉増剛造と〈路上派〉の詩人たちとの差異が生ずる、と思っている。同じ固有名詞を多用しても、こうした具体的な媒介が欠落していると、その怒りや疑問の提示は総花的な感性としてのみあらわれる。のっぺらぼうな激情がことばとして増殖するが、個々の攻撃する対象は雲散霧消して、あいまいなままに拡散する。これが吉増の場合であろう。

しかし、〈路上派〉の詩人たちの固有名詞、つまり人名も地名も店名も施設名も彼ら独自の生と膚触した存在で、直接的で具体的だ。そして、日常生活と密着している。従って、そこからは人間社会とのきしる音も聞こえてくる。だから、彼らの詩篇は身体と一体になった生と作品として出現する。舌鋒も鋭い。体制への対抗軸として言語をひとつの武器とするのでもある。

その例として、泉谷明の「不壊の人間性長期停滞の黄昏を駆ける」を見てみよう。泉谷明の詩のタイトルだ。相変わらず長いタイトルだ。これを次に引く。

忠誠たましい飛んで行け
この山越えて飛んで行けこの闇ぬけて飛んで行けなまじっかの倫理
　なんざにたわけるたわけ
地下水血潮流れて流れろ厖大

たれ流し草の根しみこむ誰も見ていない海が見える23キロ西側岩木
　山近所なしの雑木林の部屋の下でも中央集権の風吹きまくる
息苦しくひそひそ
たまに来る軒下の自衛隊
敵は
と
わめくわめきながら一斉に鉄砲ぶちこむ仕事を50分座って見てもぼ
　くはどうして個を憎むことができよう
政治を末端までじゃなく
統制を末端まで
画一
整然
保身
親方
絶対王権の古代国家社会
国有原野の荒野にいてさえ結構楽しんで生きていけるといった居直
　りの哲学もなく
煙草なくなれば山おりること

逃亡奴隷じゃないぼく
白い状況の底で帝政ロシアテロリストの歴史にも泣かず
一日3個の缶詰あけることの専念
煙もうもう東映劇場最前列で健を支持できなくなった地理的変異
汚職出獄はばからぬ保守存続の驚異
一日3回はばかる私的多飲多出
教師なんて心小さくいい人ばかり何事も出来やしないとたかくくる
　政策的安堵
さめよ我がはらからと歌う虚脱
黒々しめつけ虫歯に耐える君を不憫だと思うセデス飲みながら春
　待つ君が　いとおしいと思うのだ
山けわしかろうと
風強かろうと驚きはしない
立ってるだけならぼくにもできる
叫びぐらいは負けはしないさ
君を一人で泣かせはしない
いやでござんす
自信たっぷりの小市民ヅラが

人間ぎらいのヒューマニスト登録
上司のふんどし権威にへいこら事なかれかんぴょう野郎の出世意欲
　のすさまじいこと
たかだか人生年くそもへったくれもあるもんかよねえ

（後略）

と、このように泉谷明は60年代を、怒りを満タンにして疾走した。第3詩集『人間滅びてゆく血のありか』のなかの一編である。全編、権力にタテつく反体制の詩篇だ。〈あとがき〉のなかで、次のように言っている。

「存在の根源的な不たしかのなかで、出発しなければならない私の日常性は、悲嘆と憤怒を道づれにした到着しなければならない日常性であると思っています。」と。

泉谷明が成田空港阻止闘争に参加して処分を受け、岩木山の中腹に在る小学校の小さな分校に追放された後の詩篇だ。不平分子が集まり騒いで、社会の秩序を乱した騒擾の罪を犯したというのであろう。だから、校長や県教委は危険分子として身体を閉ざそうとしたのであろう。藩政期の島流しに相似して、苦笑せざるを得ない。何と前近代的な仕打ちであることか。事実、この地は12月から4月まで雪に閉ざされ、里に降りるのは困難な僻地であった。島流しにはもってこいの土地だ。日常的に熊が出没し、それを常に眼にする日常であった。よって、次のような詩が生まれた。「クマが歩く」だ。これを同人詩誌「亜土」に発表した時、「現代詩手帖」の〈詩誌評〉で、三木卓はこの詩篇を取り上げ、称讃したのであった。因みに、三木卓もこの時、上の兄と大学の同僚で親しくしていた。

屋根の上をクマが歩いている
物置の戸をばたつかせ
木々をゆさぶり
沢山のクマが歩いている
冬の近い屋根の下で
明かりを消しわたしらはそれを聞いている

わたしらの上をクマが歩く
妻とこうして二人
西に頭を向けて寝たのに
悪い夢を見ないように胸から手をおろして寝ているのに
じっと息をひそめ肌すりよせて
小さな明かりをつけることもできずに祈っている

わたしのなかをクマが歩きまわる
殺してやりたい沢山のクマがたった一つの事実までも踏みあらす

昨年のクマを
一昨年のクマを
あしたになれば
五軒ある村人を語って撃てようが

わたしらに残されていることはただ生きのびることだとしたら
妻と手をむすび震えていることはどう名づけられよう
潰された眼や口のまま風吹きぬける木々のあいだを駈けめぐりなお
　血を流す
わたしらはやがて生きたとして息子に何を語ればいいのであろう

自己の間違いをか
人間の卑小さをか

　ここで、私は〈クマ〉を〈権力〉に置き換えて読んでいる。権力に打ち負かされたまま、「潰された眼や口のまま風吹きぬける木々のあいだを駈けめぐ」る状態のなかで、「やがて生きたとして息子に何を語ればいいのであろう」と述懐し、現在の己れの姿を嘆き、だから、問うのでもあった。「自己の間違いをか／人間の卑小さをか」と。権力はそれほど自分に押しかぶさる大きな具体であった。

外的にも、内的にも日常的に自己を圧迫するクマであることが、事実として伝わってくる。権力によって僻地に追われた泉谷明の実情と合致する詩篇である。しかし、事情はどうであれ、この地にも子どもたちが、生徒たちが存在し、生きて在ることは事実として、充分に認識している泉谷明であった。よって、彼らの命を自分が守らなければならない。そして、彼らの成長の先を見届けなければならない、と。

同じく、中上哲夫も叫ぶ。ことばが疾走する。処女詩集『下り列車窓越しの挨拶』の時から既に、既存の体制に挑戦し、詩の世界に前後かまわず突入している。そのなかの「グッドバイ」を紹介しよう。たたみかける語りかけの連続する疾走感が実に小気味よい。それがあとからあとから多様な貌をあらわし、反価値化した姿を見せるから不思議だ。それではここで、「グッドバイ」を引く。

グッドバイ
グッドバイ
おれの女、おれの生活、おれの家、おれの仕事、おれの教養詩
　おれの国
グッドバイ
かじかんでいるうずくまっている友人たちよ
実はどうでもいい百人の友よ
鼻水たれている東京よ
埃をかむった書架よ、雑誌類よ

おやじやおふくろ、大風呂敷よ
慢性下痢の切れ痔のいんきんの青春よ
おれの教養詩よ、おれの詩集よ、机の抽出の美しいポエムよ
輝ける青春の時の大江健三郎よ、その肥満体よ
　バードよ、おおヘンリーよ
Sと二人で買った五千円のレコードプレーヤーよ
しけた出生よ、しけた出身校よ、しけた趣味よ
　しけた嗜好よ、しけた椎茸昆布よ
お人好しで腹黒の同僚よ、どうしようもない飲酒癖よ
　辟易する人格よ、平和な国の平和な人々よ
労働者の幇間よ、自衛隊の宣伝屋よ、大蔵省の宣伝屋よ
　坂の下の靴屋よ、黒い靴下よ、食いしんぼうの空腹よ
　あらゆる訓練よ、食うところに住むところよ
気取ったきざな友人よ、きざな仕草やきざな台詞よ
　きまじめできたんのない気心よ、ふまじめでふびんな人格よ
　しょうがない正月よ、小学館の学習雑誌よ、札つきの二人の女よ
　風変りなふさいだ夫婦よ、風采のあがらぬすべての生涯よ
グッドバイ、グッドバイ

おれはおまえらが嫌いだ嫌いだ嫌いだ
気のきいた台詞やふれた機雷、機関銃、気のきかぬ
　機関誌、きしむ気管支炎、聞いたふうな態度、汽車の旅
おれは疲れた疲れた疲れた、だから
おれは逃げ出す逃げ出す逃げ出す
あてもなくあてどもなく旅へ出よう
（後略）

非常に挑戦的だ。意図するところであったであろう。日常性の風景にことごとく悪態をつき、攻撃する。そして、既存の存在や価値や事象に「グッドバイ」する。ところどころに乱入する諷刺や諧謔も挑戦を後押しして効果的だ。さらに語呂合わせやリフレインの多用によってリズムが加わり、たたみかけることばの連弾が疾走感を増して、一層勢いが強くなり、生命力を増殖する。

そして後日、「あてもなくあてどもない旅へ」出る。「おれの女、おれの生活、おれの家、おれの仕事」さえにもグッドバイして、旅に出る。

中上哲夫のあらゆる表現行為のその後の草の根のような意味をもった詩篇である、と私は思っている。広く漂泊し、自らの赴くままに生きていく中上哲夫の思想がこの時、既に表われているのである。旅人の思想だ。言うならば、ケルアックを抱きこみ、旅を続けるのである。

こののち同じ場所に定住しないという一所不住の思想が、中上哲夫の身体のなかに名実ともに築か

れていくのである。であるからか、中上哲夫の仕事の守備範囲も広く、多岐にわたっている。翻訳もそのひとつだ。

事実、中上哲夫は数多くの翻訳に関わり、訳書も多数残している。ビートニクのなかでも、中上哲夫が特に影響を大きく受けたと思われるケルアックの訳書は、私の持っているもので、ケルアックの放浪遍歴の本『孤独な旅人』とパンク、ヒッピーなどすべての対抗文化のルーツを切り開いた60年代ビート・ジェネレーションの冒険を描いた『荒涼天使たちⅠ，Ⅱ』を炸裂することばによるアドリブ・プレイ、そして思考し、咆哮し、自動書記することばで奏でるジャズのブルースがうたう『ブルース詩集』が、ここにある。この『ブルース詩集』は経田佑介との共訳である。他に、中上哲夫のケルアックの共訳は『ビッグ・サー』がある。

『ブルース詩集』の解説のなかで、共訳した経田佑介は次のように語っている。「チャーリー・パーカーがジャズでやったことを、ケルアックは言葉で感覚的に音楽にひとしい詩を創造しようとしたのだ。」と。

この詩集のなかから、まず経田佑介が訳した詩篇を紹介しよう。無作為に「荒涼ブルース」の〈第一コーラス〉を、ここに。

荒涼峰で逆立ちして眺めやる
世界がぶら下がっている
果てしない宇宙の海にむかって

空虚にわく泡のように
山という山から無数に垂れる岩
どこへ行こうというのか——
夜には流れ星が泳ぐように
闇の底からうめき声を上げて
われわれに近づいてくる
　悲しいかな、人間には無理——
人間どもは地面にしがみつき
右往左往
　でかい頭の甲虫みたいに
どこでどうしたらいいか、何者なのか
考えもせず、政府や歴史のごたく並べ
　引っくり返ってる馬鹿者たち
——ああ　ホゾミーンの山よ
初めて目にする最高に美しい山
ひたすら坐り、山になる
岩の峰二つ並べた山が
宇宙にむかってぶら下がってる

おお　驚嘆すべき静寂の無限の宇宙よ
――ぶら下がる泡の頭に
すべてが集中する、人間もだ
血が頭にたまる――
かくして山々の頂きは
岩の液体の切望となる

冒頭の詩句「荒涼峰で逆立ちして眺めやる」という行為は、この世界は狂って転倒しているので、正気と真実に到らしめるために逆さまに眺めて見る、というケルアックの仕掛けであるという。また、荒涼峰はケルアックが1956年、山火事監視員として滞在した山である。中上哲夫訳の『孤独な旅人』を参照されたし。

経田佑介もまた、翻訳の仕事を多くしている。いま、手もとにあるものをあげると、『カプリンスキー詩集』、デニス・マロニー詩集『円居して』、ヴォーヨ・シンドリッチ詩集『闇の背後で』など多彩である。そして、昨年の新しいものではサム・ハミル詩集『ピサの歌』、経田の大学時代の英米文学の恩師長沼重隆教授の大冊の評伝『草の葉の人』(経田佑介著)と一緒に届いた。

他にはもちろん、ケルアックの詩篇やインタビュー等を数多く訳出し、各誌でケルアック論も展開している。また、自身も『RAIN　RIVER』という英文の詩集を出し、これを基にして、アメリカで詩朗読の活動に参加している。

次に、同じく『ブルース詩集』を中上哲夫の訳で紹介しよう。「オリサバ二一〇番地ブルース」の〈第一コーラス〉だ。

ああ、ばかでかく
心優しい怪物たちよ、
なんじにチョークを
産ませたのはだれだ？
神か？　ぼくを神のように
崇めたのはだれだ？
神を私物化し、思考を
チョークで白くぬり、
ぼくを
弱らせ
倒した
のは
だれだ

ア、チェ・チェ・チャ

ホーホー・イー
ウィート・ワ・ユー――
いとしいママの傍で
心優しい怪物は愛さない

ヘイ

この争いをやめさせるために
神を母と呼べ

中上哲夫はブコウスキー詩集も2冊訳出している。1冊目は本邦初刊行で、これが評判がよく、たちまちにして第2弾が刊行されたものである。

ブコウスキーとくれば小説でもおなじみの酒、女、ギャンブルが恒例で、その上、実にストレートな表現が目立ち、詩においても多分にもれずストレートで、その意味では逆に分かりやすい。そして、卑語、俗語、猥語、さらには罵倒語をぶっつけ、ブコウスキー自身が経験してきたコトやモノを肉声でうたう、これがブコウスキーの詩である。加えてユーモアもあり、ナンセンス度が高い。例えば、次の詩篇「うまくやる」をここに取りあげよう。

すべての可能な概念と可能性を無視せよ――
ベートーベンを、蜘蛛を、ファーストの破滅を無視せよ――
うまくやろうぜ、ベイビー、うまくやろうぜ。
家　車　豆でいっぱいの腹
税金を払え
ファックしろ
ファックできないなら
交尾しろ
金をかせげ、だけど働き
すぎるな――うまくやるためにだれかに
払わせろ――そして
煙草をすいすぎるな、だけどリラックスできる程度には
酒を飲め、そして
通りから離れていろ
自分のケツはちゃんとふけ
トイレット・ペーパーをたくさん使え
人々にきみが糞だと知らせる、あるいは
糞のように臭うぞと知らせるのは行儀がわるい

　　きみが気を
　　つけなければ。

次のような詩もある。「この糞ったれたち」だ。やはり、挑発が続く。死者としての同時代人を罵倒しているのだ。〈この糞ったれたち〉と。悪態とともに罵倒語が飛び交う。次に引こう。

　練り歯磨きの広告かかえて
　死者が斜めに走ってやってくる
　死者は大晦日に酔っぱらい
　クリスマスに満足し
　感謝祭に感謝し
　七月四日に退屈し
　労働祭をぶらぶら過ごし
　復活祭に当惑し
　葬式で暗い顔をし
　病院でおどけ
　誕生にいらいらする
　死者はストッキングとパンツとベルトと

敷物と花瓶とコーヒーテーブルを
買いにいく
死者は死者と踊る
死者は死者とねむる
死者は死者と食べる

死者は金持ちになる
死者はより死者になる

この糞ったれたち

地面の上のこの墓地

だらしないやつには墓石を
おれはいう——
人間性よ、おまえは始めから
一度としてそれを持たなかった

「ブコウスキーの書くものは長編であれ、短編であれ、ストレートな表現が目立つが、なかでももっともストレートなのが詩ではないか」と訳者中上哲夫は言う。だから、「ストレートすぎて、眉をひそめるひとともいるくらいだ。いや、ひょっとしたら、眉をひそめるひとの方が多いかもしれない」とも言う。また、ブコウスキーは「卑語、俗語、罵倒語ひっさげて登場。娼婦や酔っぱらい、どや街の住人、ビンボー詩人などをうたったものだから詩人や読者、批評家などがアレルギー反応を起こしたのは無理はない」と付け加える。そして、「題材はすべてかれが経験してきたものだ。それを肉声でうたう。そう、ブコウスキーは肉声の詩人なのだ」と。

そして、ブコウスキーの描く世界はノーマルを意志したアブノーマルの世界だ。

ブコウスキーの全体像を把握するには、この詩と同時に50冊とも100冊とも言われる彼の小説や日記などとも併せて読む必要があろう。かく言う私にしても、『勝手に生きろ!』や『詩人と女たち』や『町でいちばんの美女』や『ポスト・オフィス』や『死をポケットに入れて』や『ホット・ウォーター・ミュージック』など10冊ぐらいしか読んでいないが、それでも詩を読むにあたっては大いに役立っている。理解度を増すのである。

ブコウスキーの関連文献としてハワード・スーンズの『ブコウスキー伝』が役に立った。「ダーティ・オールド・マンのクレイジィ・ライフを生き生きと描いた」、つまり実録ブコウスキーの生涯を描いた著書だ。1匹の負け犬が大酒飲んで書き続け、やがて人気作家へ向かう道筋を確認することができる。

ケルアックにしても詩集と併せて、だから小説その他を読むことをすすめる。既成の価値を否定して、生のより深い意味を追求したケルアックの背景に深く分け入り、よりよく理解することができるであろう。

『路上』の訳者の福田実が私の大学時代の英米文学の教授であった関係で読み、次に『禅ヒッピー』(『ジェフィ・ライダー物語』)、『地下街の人びと』と続き、やがて中上哲夫訳の『孤独な旅人』と『荒涼天使たちⅠ，Ⅱ』に出合うことになる。その後、やはり中上哲夫の訳したケルアックのパリへの旅『パリの悟り』とも出合う。

中上哲夫の翻訳書は多い。そして、多岐にわたっている。中上哲夫は〈路上派〉の詩人であるので、ビートニクの影響が強く、よってジャズとの関わりも深くて強い。であるから、当然の如くジャズ書の翻訳もある。1冊はデューク・エリントンの自伝『A列車でいこう』、大冊だ。もう1冊はビパップの4人の闘う男たちの物語で、A・B・スペルマンの『ジャズを生きる』だ。

それから若者を興奮の渦にまきこんだ旅するロック、ローリング・ストーンズの記録をまとめあげたマイケル・ライドンの『ローリング・ストーンズ』もある。同じロックの神話パティ・スミスの幻の詩集『バベル』の翻訳、これは3人の共訳だ。

60年代アメリカを描いた文学と友情と家族の物語、アラム・サロイヤンの『ニューヨーク育ち』もある。他に、共訳として片岡義男編の『アメリカ小説をどうぞ』がある。リチャード・ブローティガン詩集も訳出している。『突然訪れた天使の日』だ。私は小橋晋訳の詩集『ピル対スプリングヒル鉱山事故』と池澤夏樹訳の『チャイナタウンからの葉書』も読み、持っている。

中上哲夫は駒澤大学教授として「翻訳」の講座をもっていた。それより前は現代詩とアメリカ文学を担当していた。のち、鶴見大学に移り、英米文学を担当し、ここで退官したのであった。〈路上派〉の詩人では泉谷明も、八木忠栄も大学講師を経験している。八木忠栄の講座は「落語」であった。彼は寄席の高座にも出演したことがある。

前述したが中上哲夫はブローティガンの詩集も訳している。これを含むブローティガンの詩集を私は3冊しか読んでいないが、9冊ほど残しているんだよね。小説は9冊読んでいる。今も本棚に並んでいる。藤本和子訳の小説がずらりと7冊も並んでいる。他の2冊の訳は別の人だ。あともう2冊あるはずだが、読んでいない。生き急いだのか、自殺してしまった。ヘミングウェイを追ったのか。

そして、八木忠栄だ。彼は俳句と落語を得意とする。俳句は中上哲夫もやるが（俳号はズボン堂）、落語は八木忠栄の独壇場で、前述もしたが、寄席の高座に二度三度と出演したこともある。よって、落語エッセイ集を『ぼくの落語ある記』『落語はライブで聴こう』『落語新時代』と、以上3冊も刊行している。そしてまた、落語の専門誌や、その他雑誌にも多数書いて、落語を論じている。落語の知識・理解が人並み以上に深く、すぐれている証しだ。

果ては青山学院大学で落語の講座を委ねられて、講師を数年やっていた。これには私も驚いたよ。これは奥成達の差し金か。あくまでも想像であるが。確かめる前に、奥成は早々に逝っちゃったよ。

また、俳句については「かいぶつ句会」と「余白句会」他に参加して活動し、句集も2冊刊行している。『雪やまず』と『身体論』だ。この『身体論』は「吟遊俳句賞」を受賞している。

他に、「かいぶつ句会」のアンソロジーとして『日本語あそび「俳句の一撃」』に参加し、刊行している。そして、自身の個人誌「いちばん寒い場所」にも詩と一緒に俳句と、他に落語論を発表している。俳号は〈ブセオ〉や〈蟬息〉を名のっている。「かいぶつ句会」では〈ブセオ〉か。そして、「余白句会」では〈蟬息〉か。

八木忠栄はもちろん、言うまでもなく詩人である。詩人としての道を永年歩き、その功績の大きさに対して２０１８年に「先達詩人の顕彰」を受けた。本人は先達詩人と言われるほど老体ではない、と苦笑していたが。

その経歴を想い起してみると、出発はまず「現代詩手帖」の編集者から編集長、のち堤清二社長（ペンネームは辻井喬）に誘われて西武文化事業部にうつって、池袋の「スタジオ２００」と渋谷の「パルコ劇場」の支配人。この時、我が「デネガ企画」は大いなる支援を受けた。その後、堤清二は「セゾン文化財団」を創設し、八木忠栄は専務取締役に就任。退職後、日本現代詩人会の会長を歴任。そして、現在はいろいろな仕事から解放されて、念願の自由の身となる。しかし、各地の「詩の教室」に駆り出され、走り廻っているようだ。その途次、昨年は転倒して骨折し、長期に入院したりしている。

そんな折でも、出身地の新潟県見附市の自身が会長の「やぎの会」なる詩の会や、また、見附市が創設した「矢沢宰賞」の選者は休むことなく続けて、授賞式にも立ち会っている。

それでは次に、句集『身体論』から少しく作品を紹介しよう。

底冷えの底にまたがり脱糞す
野あそびの若草に屁をぽんと置く
あっさりと睾丸にぎる春の医者

野良犬のふぐりは貧し敗戦日
八月が棒立ちのまま焦げている
良寛もよろけてうれし雪解道
闇の世に闇を尋ねて舞うほたる
凍る川妻と来てただ石投げる
木枯しを積んでトラック迷走す
井戸端にまだ立てかけてある余寒
見えすいた言訳ならべ鰯雲
早春の雲は乳房出したがる
水着からはみ出してゐる無神論
棚田に声かけてはくだる雪解水

次に、中上哲夫の俳句を紹介する。彼もまた「余白句会」に参加して、俳句を発表している。それでは、「余白句会」の詩と俳句誌「ＯＬＤ　ＳＴＡＴｉＯＮ」のなかから拾い読みして、次に紹介しよう。因みに、俳号は前述もしたが「ズボン堂」である。

青き魚（うお）赤き魚にも冬の雨
紺碧の空よりひとつ青林檎

魂はこんな形か鰯雲
恋人の土筆つむ手のうぶ毛かな
病床で二月のふぐりもてあまし
失業はひさしぶりだ心太食う
名月や断崖の上の狂詩人

「ズボン堂」はよほどズボンへの思い入れが強かったのであろう。次のような詩篇を残している。池井昌樹発行の詩誌「森羅」13号に、「ズボンの歴史」を書いている。もちろん詩人として、中上哲夫として書いている。少し長くなるが、次に引こう。

新しいズボンを見て
小さくなったのという孫に
わたしはいってやった
逆さ
大きくなったんだよ

幼少のころは
いつもコンビネーションという下着と

兄のお古の半ズボンだった
なんでもよかったのだ
毎日が楽しく野山を駈け回っていたので

ずっといちばん前に並ばされていたわたしだったけど
中学校の制服は嫌だった
試着のとき
思ったものだ
これは象のズボンだと

大工の弟子になれ
という教師に逆らって
高等学校ではもう制服に悩まされることはなかった
膝の出たサージのズボンを
毎晩
布団の下に敷いて寝ていたけど
どうでもよかったのだ
英語と洋画と来々軒以外は

大学のデモンストレーションでなくした新品のローファー
（スリップ・オンといった）
ボタンダウン・シャツと
ボビー・ソックス
（軍足ではないよ）
ジャズ喫茶の騒音と
名画座の暗闇と便所の臭気と
酒屋の角打ちと
場外馬券売場の塵埃と
投稿雑誌と
ウォルト・ホイットマンと
ズボンのことはどうでもよかったのだ

押し入れの奥から出てきた大量のズボン
（大きいのや小さいのや）
処分、処分と叫ぶ鸚鵡よ
ときには足をひっ張る奴らだったけれども
ときにはシェルターであった

ズボンは足を突っ込むだけの二本の筒ではないんだよ
その日がきたら
ズボンを何本も重ねて履いて
棺の底にひっそりと横たわっていたいね

（中上哲夫〈ズボンの歴史〉）

今回、付き合いのある、次の詩人たちの処女詩集に触れることがなかった。嵩文彦と田川紀久雄と岩木誠一郎と、そして芦田みゆきだ。なぜかと言うと、彼らの処女詩集を持っていなかったからだ。いずれも、とても親しく付き合っていたのだが、処女詩集のころはおそらく交流がなかったのであろう。その次の詩集以後はほとんど持っている。しかし、処女詩集だけは欠けていた。

それに気づいた時、嵩文彦には「処女詩集の『サカムケの指に赤チンをぬる栄華にまさる楽しさ』を見せてくれませんか」と連絡したところ、彼自身も処女詩集を持っていない、という返事であった。そこで、他の人にも問うことはしなかったのだ。

次の詩人たちも同様である。秋村宏、青木みつお、栗和実、石毛拓郎、柏木義高、坂上清、季村敏夫、田中勲、高橋馨、丹野文夫、斎藤正敏、佐々木洋一、そして今は亡き詩人たち、大井康暢、奥成達、大石貞雄、木村迪夫、中正敏、武田隆子たちである。他に女性陣の芦田麻衣子と大掛史子と四釜裕子と永野みち子と岩崎迪子と。弘前市在住の内海康也と船越素子については幾度も書いた。

そして、安水稔和と川崎洋については、第2詩集以後の詩を援用して、たびたび論じ、いろいろなシーンにおいて書くことができたのであった。

たとえば川崎洋の場合、ことば遊びと言おうか、言語遊戯と言おうか、それを駆使して多種多様な論考を展開し、多数書いた。川崎洋には『言葉遊びうた』という詩集があるが、これを題材にして論じた場合、次のように展開して、ひとつの問題意識に行きつく。たとえば、本詩集のなかから「夏」という詩篇を引いて、見てみようか。

夕凪　の中に
〈うなぎ〉
やれやれ土用の日は過ぎた
と養鰻場の中のうなぎたち

夏休み　の中に
〈つや〉
孫らはディスコ
爺婆らは浄瑠璃の艶物を聞きに

夏ばて　の中に

〈つば〉
「ちゃんとしたものを食わせんからだ」
「飲みすぎよ」
中年夫婦のつばぜりあい

虫送り　の中に
〈しおくり〉
今夏はバイトで帰れない
という孫に
老齢年金から仕送り

ここで引用した最初の連を見ていくと、〈夕凪〉＝〈ゆうなぎ〉のなかから〈うなぎ〉を取り出し、最後のフレーズ〈うなぎたち〉に重ねている。その前の〈土用〉にもひっかけたか。この手法は読む者の頭脳を翻弄して、決めて、さすがだ。諧謔の効果も立ち上がって、抜群だ。

この伝で、次を追っていくと、〈夏休み〉＝〈なつやすみ〉のなかから〈つや〉、そして最終のフレーズで〈艶物〉を聞きに行く。〈夏ばて〉＝〈なつばて〉から〈つば〉、そして〈つばぜりあい〉を重ねる。〈虫送り〉＝〈むしおくり〉から〈しおくり〉、老齢年金の〈仕送り〉に重ねる、といった遊びをしている詩たちだ。

ことばを巧妙に重ね合わせて、リフレインの効果ももたせているので、ここからは愛誦性も生まれている。

次のような詩篇も見てみよう。漢字を解体して、遊んでいるのだ。

件

人が牛によりそい
牛も人にぴったりつき
あるいていく
この件は
ぜんこうじまいりか
はたまた
しょくにくしょりじょうゆきか

〈件〉という漢字を〈人〉と〈牛〉に分解し、そこから立ち現われる意味を遊んでいる。〈この件は／善光寺参りか／食肉処理場行きか〉、まさに牛にとっては極楽か地獄か、の別れ目に立たされているわけで、よって、この件についてはブラック・ユーモアの落ちがついて、この件は落ちつく。達見だ。

犬

うちの犬ったら
てんで大きくならないのか
うちの犬なんか
てんで
太るばかりよ

漂うユーモア感に読む者の生が解放され、心が自由になる。思いがけないことばの遊びにひきこまれて、自由になっている自分に気づく瞬間だ。

川崎洋はおとな向け（?）の〈遊び歌〉ものこしている。詩集『不意の吊橋』に収められている。「春の遊び歌」「秋の遊び歌」「美の遊び歌」「悲しみの遊び歌」「愛の遊び歌」の5編である。このなかから「美の遊び歌」を引こう。

〈美しい〉の中に
恣意
気ままな基準によるということで

〈美意識〉の中に
四季
その境目にあいまいなつきあり

〈美談〉の中に
鼻(び)
鼻もちならない例もあり

〈美食家〉の中に
職
それを売り物にして稼いでいるむきもいて

〈美少女〉の中に
障子
純日本風な子は近頃少なくて

ここでも、ことばを掛け、重ねることば遊びをしているが、前に掲げた詩篇と異なるのは、ここでは諷刺が認められることである。「〈美談〉の中に／鼻／鼻もちならない例もあり」などは、それを表わす一つであろう。このようにして、川崎洋は漢字の意味や視覚を重視して、「言葉遊び歌」を紡いだのであった。そして、「かん字のうた」の詩や「言葉ふざけ」の詩なども書き残している。

これらの他に、川崎洋は各地に赴き、方言や方言詩を収集して研究、紹介していることも特筆することができよう。その道程で弘前にも来て、高木恭造の方言詩集『まるめろ』等を広く紹介している。その際、私と泉谷明と岩崎守秀の三人は幾度か、お付き合いをしたのであった。さらに、私たち三人は津軽弁を話し合うシーンをつくって、純なる津軽弁を聞かせて、示したりもしたのであった。

なお、吉野弘も「漢字喜遊曲」という詩を意味深く書きのこしている。そしてまた、「花と苑と死」では3つの漢字を図式化して組み立て、菱型状の形を浮かびあがらせて視覚化して呈示している。これは同じく、経田佑介も試みている。

これに対して、谷川俊太郎はリズムを重視したひらがなの『ことばあそびうた』を書きのこしている。ひらがなでリズミカルにたたみかけることによって、ひらがなの持つ音楽性を充分、意図した作品であるに違いない。語感のリズムを大事にした谷川俊太郎は、だからひらがなの詩が多いのかもしれない。

また、ある時、新聞紙上（「東奥日報」、共同通信の流れ原稿か）で、次のようにも語っている。「僕がよく子どもの言葉で詩を書くのも、きちんと文法化される以前の言葉だからこそ表現できるものがあると思うからです。」と。さらに、「人間とは『社会内存在としての自分』と『宇宙内存在としての自分』が溶け合った存在。詩を書く時、自然とその両方を行き来しちゃいますね。」とも語っている。

谷川俊太郎のひらがなの詩集は、私の持っている詩集を並べてみても『ことばあそびうた』『こと

ばあそびうた　また』『わらべうた』『わらべうた・続』『あいうえおっとせい』『どきん』『よしなしうた』（これを英訳した詩も併載）『いちねんせい』『はだか』『子どもの肖像』『ふじさんとおひさま』などがここにある。まだ、他にもあるのかもしれない。他の詩集のなかにもひらがなの詩篇が散見されるのは言うまでもない。

これらひらがなの詩は愛誦性一等の詩であり、すきまなく個を放っている。声を出して読むと感覚の馴化が溶けていく。そして、私たちを少年少女の季節に連れていく。連れ戻してくれる、と言った方があたっているか。すなわち、人間らしい思想と感情を想い起させてくれるのである。少なくても、ここにはそのプロセスはある。

また、まどみちおもひらがなを基にして、誰にでも分かる、分かりやすいことばで詩を書いている。そして、何でも身のまわりにあるものを、何でも題材にして書いているのである。ありふれたものだって詩になるということであろうか。世界をあるがままに引き受けようとしたのに違いない。それが詩の力、ことばの力となって受け入れられたのだ、と言える。孫たちが小学低学年のころ、たちまちにして暗誦したのには驚いたものだった。褒めると得意気な顔をしていたなあ。とても愛誦性に富んでいる詩たちで、心の中にスーッと入っていくのであろう。

しかし、淡々と書いているが、そこには鋭い洞察力を見て取ることができる。普通には見抜けない地点までを直観や観察力で見通しているのだ。

漢字の『言葉遊びうた』を残している川崎洋だが、彼はひらがなの詩もまた、書きのこしている。諸々の野山や山林に分け入り、間伐をし、枝を伐り落とし、下草を刈り取るなどの作業を繰り返して整備をし、生長木を伐採したあとには植林をする、といった山林の再生を企てる詩人だけに、川崎洋は新たな詩の分野に手をつけようとする気概に富んでおり、よって、ひらがなの詩も書き残しているのだ。

心と身体に息づくあやしことばや子守歌やおまじないや唱え文句や絵かき歌やしりとりことばや早口ことばやわらべ唄や遊び歌や囃し唄やことば遊び唄などを素手でつかみ、詩として眼前提示している。これらを主にひらがなで書いて、刊行している。いま、手元に『日本の遊び歌』と『どうぶつぶつぶつ』の2冊の詩集がある。もう1冊、川崎洋・木坂涼編著の『ことばの宝箱　ちちんぷいぷい』もある。いずれも、ひらがなの詩集である。

また、川崎洋は児童雑誌や学年別雑誌や児童文学雑誌などにも多く詩作品を提供しているからか、児童や小学生たちの書いた詩を編んだ『こどもの詩』などを刊行し、詩の面白さを共有して、広めることもやっている。まさに、私の父の為した山役人と同様の役割りを担っていたのである。父は山林を守るのに真剣で、一生懸命な人であった。そして、スキーの選手としても活躍した父であった。尊敬に値いする。

父が生きていたら、連続して発生しているアメリカのカリフォルニアやオーストラリアの山林火災の原因を、どのように言うであろうか。これを温暖化だけの所為にはしていないであろう。

父は口数は少ないが、頑固なひとであった。そして、人におもねることもなかった。だから、容易に迎合することもなかった。そういう私も似ているから切なく、とても苦しい。

ここまでくると、カタカナの詩についても触れておこう。これについては、瀬野としがかつて、「詩人会議」誌上の「詩作入門」で、次のように講じている。

「カタカナは非日常的な雰囲気や直線的で失った感じをもたらしたり、新たに語感を加えます。……カタカナは権威を剥ぎ取りもし、諷刺やユーモアの意味合いでも使用されます。」と。

私も同感だ。そこで、本棚から芳賀書店刊の『原民喜全集』を取り出してみる。この第三巻に〈詩〉が収録されている。ここでは「原爆小景」のなかから有名な「水ヲ下サイ」を読むことができる。これについては自身の小説「夏の花」で、次のように書いている。

「断末魔のうめき声がする。その声は八方に木霊し、走り廻っている。『水を、水を、水を下さい。……ああ、……お母さん、……妹さん、……光ちゃん』と、声は全身全霊を引裂くやうに迸り、『ウウ、ウウ』と苦痛に追ひまくられる喘ぎが弱々しくそれに絡んでいる。」と書き表わしている。

「夏の花」は第一巻に収録されている。他に、原爆については「原爆以後」の小品が第二巻に、同じく第二巻にエッセイとして「長崎の鐘」や「原爆回想」や「ヒロシマの声」や、さらに「平和への意志」や「戦争について」にも言及している。この「戦争について」のエッセイのなかで、カタカナの詩をのこしている。次の詩だ。紹介しよう。

コレが人間ナノデス
原子爆弾ニ依ル変化ヲゴラン下サイ
肉体ガオソロシク膨張シ
男モ女モスベテ一ツノ型ニカヘル

オオ　ソノ真黒焦ゲノ滅茶苦茶ノ
爛レタ顔ノムクンダ唇カラ洩レテ来る声ハ
「助ケテ下サイ」
ト　カ細イ　静カナ言葉
コレガ　人間ナノデス
人間ノ顔ナノデス

戦争の悲惨さを現場で立ち会った者が直かに示す詩篇である。再び戦争がやって来ないことを願って、ここに、敢えて引用した。久しぶりに、峠三吉の『原爆詩集』も、取り出してみようか。これをもって、本稿の連載を閉じる。川崎洋の詩篇「終わり」とともに、これで取り敢えず、終わりにしよう。

終わるか
終わらないか
終わりか終わりでないか
終わらぬか
終わるか
終わらなくても

終わらなければ
これで
終わり

終わると言いながら未練がましく、ここで追悼の心をこめて、泉谷明の初期詩集を5冊、書き加えて紹介しよう。

初期詩集のころ、泉谷明は新鮮で、最も輝いている時期であった、と私は思っている。同時に、生きることと真剣に闘っていた時期でもあった、と私は認識している。

そして、その後も、自己を通して人間そのものに、ひたむきにかかわっていったのであった。

しかし、人間の存在に意義と内実を見出すこともできずに、とうとう生きてしまったといううしろめたさと、やるせなさが残る、という泉谷明であった。

処女詩集・噴きあげる熱い桃色の鳥
1966年7月20日発行　津軽書房刊

第2詩集・ぼくら生存のひらひら
1968年11月30日発行　津軽書房刊

第3詩集・人間滅びてゆく血のありか
1972年6月20日発行　津軽書房刊

処女詩集～第3詩集の初出誌は概ね、次のとおりである。
東奥詩壇、らしん、県詩協ニュース、年刊詩集、亜土、現代詩手帖、ユリイカ、未発表

第4詩集・濡れて路上いつまでもしぶき
1976年7月20日発行　津軽書房刊
本詩集の初出誌一覧は次のとおりである。

熊　ユリイカ
ぼくらの海を旅だつ持続はしぶきに濡れて　ユリイカ
鼻腔に風をたくさん入れてしまって歌うわ　亜土
分断される魂かきあつめ　青春と読書
さらにのぼれ己れの傷を永遠の破滅まで　亜土
喉をひき裂きなお流すはすはすうたう人間のうた　詩と思想
朝の光にまぶされてまぶな魂　亜土
そんでずーっと眠ってない気がする　亜土

いま、どんな船に乗って	現代詩手帖
濡れたままぼくらは帰る	亜土
ぼくらは町へ帰っていく	ユリイカ
弘前市営陸上競技場	ユリイカ
海を見に行く	亜土
秋でなくともこころはブルーさつねにアフタービート	ドラム・ソロ
夜は放置されたままころがっている	現代詩手帖
フロム・ヒア	亜土
その日	北の街
弘前七月二十七日夜から朝	ユリイカ
小屋から小屋までの三０００メートル	ユリイカ
弘前市東長町の会館が場所	亜土
濡れて路上いつまでもしぶき	現代詩手帖

第5詩集・あなたのいる場所へ

１９７９年8月10日発行　沖積舎刊

本詩集の初出誌一覧は次のとおりである。

おそい朝小屋を出た晴れ秋
ラジオを聴いたそれでも生きた
あなたのいる場所へ
ほころびに風いれて
ぐわんとやって
急行きたぐにに乗ったたって頭痛はつづいている
帆は風でいっぱいだ
だれがなんたってスキー場まで
春爛漫
ジュニア・マンスがサマータイムを弾いて
まぶしい七月
あなた
ぼくには海がいっぱいだ
体育の日だから
あなたの胸を開くこともなく
視界は良好だラジオは好調だ

ユリイカ
北の街
現代詩手帖
陸奥新報
亜土
三潮
ユリイカ
ドラム・ソロ
北の街
亜土
朝日新聞
東奥日報
現代詩手帖
飛行船
ひびき
ユリイカ

覚え書

本稿は詩論「処女詩集についての続き」の一環として詩誌「阿字」に連載したものである。

初出は次のとおりである。

〈渉猟1〉は２０１８年６月５日発行の「阿字」１４２号、「処女詩集についての続き＋32」、〈渉猟2〉は２０１８年12月５日発行の「阿字」１４３号、「処女詩集についての続き＋33」、〈渉猟3〉は２０１９年６月10日発行の「阿字」１４４号、「処女詩集についての続き＋34」、〈渉猟4〉は２０１９年12月10日発行の「阿字」１４５号、「処女詩集についての続き＋35」、〈渉猟5〉は２０２０年６月１日発行の「阿字」１４６号、「処女詩集についての続き＋36」である。

そして〈渉猟6〉は本稿の結びとして書き下ろしたものである。

兄の泉谷明と若い時から詩の世界を二人三脚でずっと歩いてきた。しかし、その泉谷明が本年の４月26日に他界した。ガンであった。

幾度かの手術と入院を繰り返していたが、今回の入院の前に電話があり、「また入院だ。でも、またすぐ帰るよ」と言っていたが、入院して４日後に逝ったのであった。あっけない最期であった。近くの弘前城の桜は満開だった。

本書においても、泉谷明について多く論じている。よって、本書は亡き兄泉谷明への追悼の一冊と思っている。

また、本書刊行の労をとってくださった北方新社の編集人の工藤慶子さんには前著に引きつづき、このたびも多大なお世話になりました。感謝します。ありがとう。

２０２０年６月

泉谷　栄

泉谷栄（いずみやさかえ）
1941年6月25日生まれ。詩誌「阿字」同人。詩論家。
元高校教員（担当は政治経済・倫理社会・現代社会・英語）。
「デネガ企画」（弘前市）元企画プロデューサー。「日本価値観変動研究センター」（横浜市）元研究員。

著書
『闘い・状況・表現』（1974年　津軽書房）
『崩れ行く走行の哀歌』（1978年　沖積舎）
『三上寛と友川かずき』（1981年　北の街社）
『時代と旋律』（1983年　沖積舎）
『駅から・その他』（1984年　北譜舎）
『栄町から川倉へ』（1987年　アジ・プロダクション）
『存在のクロニクル』（1991年　アジ・プロダクション）
『死の領域』（1993年　アジ・プロダクション）
『消息不明』（1996年　漉林書房）
『津軽弁おとことおんなの大百科』（1997年　路上社）
『眩暈の図像学』（1997年　漉林書房）
『苦笑の捻挫』（1998年　漉林書房）
『うつうつ日記』（1999年　アジ・プロダクション）
『津軽弁死語辞典』（2000年　北方新社）
『人生ふしあなすきま風』（2002年　北方新社）
『津軽夏旅』（2003年　ふらんす堂）
『自堕落のおもてなし』（2005年　漉林書房）
『伊奈かっぺいを解読する』（2018年　北方新社）

処女詩集を渉猟する

2020年9月20日発行

著　者　泉谷　栄
　　　　〒036-8336　弘前市栄町4-10-23

発　行　㈲北方新社
　　　　〒036-8173　弘前市富田町52
　　　　TEL　0172-36-2821

印刷・製本　㈲小野印刷所

ISBN978-4-89297-278-2